アウシュヴィッツを泳いだ男

Le nageur d'Auschwitz

Renaud Leblond

ルノー・ルブロン

吉野さやか 訳

ASTRA HOUSE

アウシュヴィッツを泳いだ男

装幀　白畠かおり　装画　さかたきよこ

Contents

アリス、ヴァランティーヌ、ニコラ、そしてポリンヌへ

「ひとたび水に触れれば、スイマーはひとりだ」

――シャルル・スプラヴソン著『ヒーローたち、そしてスイマーたち』より

「いつもこの記憶、この孤独があるだろう。すべての太陽の中にこの雪を見て、
すべての春の中にはこの靄《もや》を感じるだろう」
――ホルヘ・センプルン著『ブーヘンヴァルトの日曜日』より

一九二八年夏、アルジェリア、コンスタンティーヌ

アルフレッド・ナカッシュは、十三歳になった今でも水が苦手だった。家族や従兄弟たちには何度も話してあり、水に入るつもりもない。だが、毎週土曜日は、アルフレッドの家族と親戚一同で、そろってプールに行くというのが習慣になっていた。アルフレッドの住むアルジェリア東部の町コンスタンティーヌにはルーメル峡谷があり、その峡谷の底にあるのがシディムシド・プールだ。土曜日には、そのプールに続く坂道を、列をなしてみんなで下っていくのが常だった。

「だから、僕は水が嫌いだって言っているじゃないか。ほっといてくれよ！」

プールサイドでアルフレッドは叫んだ。

「嫌いなんじゃなくて、怖いんだろう？　まるで濡れそぼった雛鶏みたいだ。本当に憶病だなあ！」従兄弟のジルベールが馬鹿にするように言ってくる。

最悪なのは、それが本当だということだ。アルフレッドは、海もプールも怖かった。どんなに浅くてもだ。この恐怖心がどこから来るのかわからなかったが、プールの縁に座って、青い水の中へと降りていく鉄製の小さなはしごにしがみつき、足先を水に浸すのが精一杯だった。そんなアルフレッドを尻目に、弟のプロスペは、平泳ぎとクロールを交互にしながら何度もプールを往復していた。そしてターンするたびに、毎回違った変顔をこちらに見せてくるのだ。

アルフレッドはそれに気がつかないふりをし、太陽のほうに顔を向け半ば目を閉じた。そんなアルフレッドと同様、父親のダヴィッドもまた水が好きではなかった。父親が好きなのは、家族全員が自分の周りにいることだ。妻のローズ――アルフレッドにとっては義母であり、若くして天に召されたアルフレッドの生母の妹でもある――、ひとり娘のジョルジェット、そして息子たちや甥たちに囲まれ、皆でピクニックを楽しむことだ。そんなときには、祖母のサラが腕によりをかけてごちそうを作ってくれる。祖母は、目が悪く心臓も弱かったが、いつも大家族全員の食欲を満足させてくれていた。

毎週土曜日は、ユダヤ教では安息日とされ、労働しない日であり、ごちそうを食べる日だ。今日も昼時になると、アルフレッドの家族は、暑さを避けるために日陰を選んでピクニックを始めた。ひき肉の揚げ春巻、茄子のペースト、塩味のセミドライトマト、ひよこ豆のペースト、オレンジのサラダ、ナツメヤシのクッキー、バラとオレンジの花のケーキなどを広げる。プールが見下ろせる場所だったので、飛び込み台から日焼けした身体が空中に飛び出していくところを見物することができたし、喧噪からは十分に離れていたので、皆で父親の話を聞くにもちょうどよかった。

父親は町の公営質屋の経営者だったが、仕事について話をすることはまずなかった。アルフレッドがかろうじて理解していたのは、父はとても貧しい人たちに対しても金を貸すことを厭わない、ということくらいだ。反対に、ユダヤ教についてとなると、いくらでも話した。非常に信心深かったのだ。そして家族全員に、ユダヤ教の原理や聖典、タルムード〔口伝律法〕やトーラ〔モーセ五書〕を教えたいと思っているようだった。

アルフレッドは、恥ずかしいことだとは思っていたけれど、父親の長い話を聞くのは少し退屈だった。というのも、父親の話す神様というものがどういう姿をしているのか、どこにいるのか、そしてもし自分たちを上から見守ってくれているというのなら、なぜあらゆる悲惨な出来事をなくしてくれないのか、理解できなかったからだ。ちょうどそんなことを考えているとき、義母が果物を包むのに使った新聞紙が目に入った。ふと目にしたその『ラ・デペシュ・ドゥ・コンスタンティーヌ』紙の一面には、一九二八年一月二十二日に起こったテロの記事が載っていた。市場のど真ん中での爆発。三人が死亡し、そのうちふたりがユダヤ教徒、ひとりがイスラム教徒だった。四十人のけが人も出ていた。みんなただ買い物をしていただけ、そこを通っただけだ。何かを要求していたわけじゃない。

アルフレッドは、しわくちゃになった新聞を読んだ。すべてを理解できたわけではなかったが、カルチャラと呼ばれているユダヤ人居住地区を狙った新たなテロ攻撃のようだった。カルチャラは、古い道がごちゃごちゃと入り組んでいる地区で、町の低いところにあり、標高八百メートルの岩壁に沿うようにアビーム通りまで続いている。テロがあった日、神様はいったい何をしていたのだろう？　だがアルフレッドは、その疑問を父親にぶつけることはしなかった。そんなことをしたら、父をひどく苦しめてしまうだろうから。それはアルフレッドのやりたいことではなかった。アルフレッドがプールサイドでやりたいこと、それは一番下の弟ロジェとサッカーについて話すことだ。コンスタンティーヌにはアルジェリアで一番伝統のあるサッカーチームがあるのだが、ふたりは二年ほど前から、そのチームの試合に一喜一憂していた。ヨーロッパでいったらレアル・マドリードやレッドスターのような、ふたりが大好きなチームだった。

　アルフレッドたちを夢中にさせているフランスのクラブチーム、レッドスターは、パリ郊外のサン＝トゥアンに本拠地がある。アルフレッドがレッドスターで一番好きな選手は、ストライカーのポール・ニコラだった。守備を突破することにかけては、ポールの右に出るものはいないと思う。スピードとパワーがかっこよかった。ロジェのほうは、ゴールキーパーのアレックス・テポの熱烈なファンだった。「アレックスの脚にはばねが付いているんだよ。判断力もすごいし、それに腕が伸びてゴールの反対側にまでボールを止めにいけちゃうんだ。

人間じゃないね、魔法使いだよ」たとえ従兄弟のジルベールが水泳のことでからかってきたとしても、アルフレッドは、シディムシドのプールサイドで弟と熱く語り合うこの時間が、ずっと続けばいいいと思った。

一九四四年二月、シレジア地方、アウシュヴィッツ

「ナカッシュ、水に入れ！　ぐずぐずするなよ！　参謀部全員が、おまえを見るために集まっているんだ」

アウシュヴィッツの医療棟の責任者であるミュラーが上機嫌で言った。アルフレッドは、アウシュヴィッツ強制収容所に連れてこられて以来、将校たちの娯楽のために幾度となく泳がされていた。二百メートル平泳ぎの世界記録保持者だったため、ミュラーのお気に入りの見世物となっていたのだ。それはフランス人ボクサーのヴィクトール・ペレスについても同じだった。ヴィクトールは、ボクシングフライ級の史上最年少チャンピオンで、ここにいる全員が、〈ヤング・ペレス〉あるいは〈ヤンキー〉という呼び名で知っている有名人だった。

アルフレッドは、ミュラーとふたりの部下たちからあざけるような目を向けられる中、ゆ

っくりとわら布団から身体を出し、水泳パンツと囚人服を身に着けた。

「これを肩に羽織れ。外は暖かくはないからな」ミュラーがにやりとしながら毛布を差し出す。

アルフレッドはこの笑みが嫌いだった。善人ぶっているが、見下されているのがはっきりとわかる。

アルフレッドは先週と同じように、緑の藻で覆われた貯水池の縁に震えながら立った。貯水池は全部で三つあり、それぞれ長さが約十五メートル、幅が六メートルほどの大きさで、防火用として収容所敷地内に点在している。アルフレッドは、寒さが骨まで凍らせ、身体に広がっていくのを感じた。と同時に、怒りも身体中に広がっていく。自分は今、虐待してくるやつらの操り人形としてここにいる。シミひとつない制服を着た将校たちを喜ばせるためのおもちゃでしかないのだ。目の前にいる将校のひとりはストップウォッチを持っており、別の人物はカメラを持っていた。

そして、アウシュヴィッツ第三収容所司令官のハインリヒ・シュヴァルツ親衛隊中尉に至っては、普段の冷酷な姿からは想像もつかないほど上機嫌で、今はもみ手をして喜んでいる。

紳士淑女の皆さん、ショータイムです！　という声が聞こえるかのようだ。

「アルフレッド、今回は全力を出し切ってもらおう。バタフライで五往復だ。もし前回のタイムよりよかったら、少しばかりの肉をやろう。悪かった場合には、さらにもう一レースやってもらうことになる。期待しているぞ、アルフレッド。わかっているだろうな……」

アルフレッドには、どういう懲罰が待っているのかわかっていた。肉をもらえるか、それともさらに泳ぐことになるか、というだけではない。うまくやれば今いる医療棟に戻れるが、失敗したらバラック行きなのだ。バラックは地獄だった。中は暗く、すし詰め状態で、食事は吐き気を催すようなスープだ。そして夜になると、耐えがたい叫び声が闇を切り裂き、壁を通して聞こえてくるのだ。

「準備はいいか、チャンピオン？」

生き延びるんだ。他人のことはいいから、自分のことだけを考えろ。今はバラックの中にいる人たちのことは忘れるんだ。アルフレッドは自分にそう言い聞かせた。泳ぐんだ、アルフレッド。頭を空っぽにして。おまえならできる。腕を思いっきり上げて、息を吸うんだ……。

スタートのピストルが鳴ったとき、すでに頭は水面を覆っている汚い藻を押し分けて茶色い水の中に入っていた。笑い声が聞こえ、耳の中でバラバラになる。アルフレッドは、凍るような水の中でさらに肩を高く上げた。ひとかきごとに水面を砕き、素早くターンする。泳げ、泳げ。あいつらのことは無視するんだ……。

ゴールすると、シュヴァルツの怒鳴り声が聞こえた。

「さあ、アルフレッド、どんな気分だ？」

アルフレッドは答えずに、コンクリートの縁に凍える手を置き、待った。将校たちがにやにやしながら話し合っているのが見える。そのにやにや笑いはどんどん大きくなった。

「前回と同タイムだ、アルフレッド。決着をつけるために、違うチャレンジをしてもらわないとな」

こちらを侮辱する方法など、いくらでも思いつくのだろう。シュヴァルツが鞘からナイフを引き抜き、上機嫌で天に向かって突き上げながら言った。

「今回はナイフを使ったテストだ、アルフレッド。こっちへ来い」

アルフレッドは水から上がった。身体が凍える。腕を胸の前で交差させ、将校たちのもとへ向かった。

「では説明しよう、アルフレッド」シュヴァルツが嬉しそうに話しだした。「今からこのナイフを水の中に投げ入れる。ここは深いが、おまえには才能があるからな。やることはこうだ。このナイフを見つけ、口にくわえて上がってくる。歯の間にナイフを挟むんだぞ。わかるか、アルフレッド？　どうだ、素晴らしいテストじゃないか！　そして、ご主人様に忠実な犬のように、我々の足もとで口を開いてナイフを置け。最低限そこまではやってもらおう」

貯水池の深さは、少なくとも六メートルはありそうだった。だが、それが怖いわけではない。やり遂げるだけの強い肺は持っている。心配なのは、水が藻でドロドロとしていて、光を通さないことだ。これでは、うまく探すことができない。干し草の中で一本の針を探すようなものだ。だが、アルフレッドには、このサディスティックな要求に応えること以外、選択の余地はなかった。ここに収容されているすべての人たちと同様に、アルフレッドもまた将校たちの思うがままで、どんなに恐ろしい要求にも従わざるを得ない奴隷なのだ。それに加えて、アルフレッドは競泳でタイトルやメダルを持っており、国際的にも評価されていたので、収容者たちの中では目立つ存在だった。水泳選手としての頑丈な身体も持っている。将校たちはそれを認めて、ふさわしいものを考えてくれたというわけだ。それがこのどろどろの、しかも十度しかない水に潜り、歯にナイフを挟んで上がってくる、というテストだった。

シュヴァルツがナイフを投げると、アルフレッドは軌道を目で追い、どこに落ちるかを見極めた。自分の少し左側で、貯水池の幅三分の二ほどの場所だった。始めていいのかを確認するためにシュヴァルツを見ると、恭しくお辞儀をするような馬鹿げた仕草で、飛び込むよう促してくる。アルフレッドはすぐさま水に入った。ナイフが沈んだと思われる地点にまで泳いでいき、そこから底知れぬ深みへ向かってまっすぐに潜っていく。永遠かと思うような時間のあと、手のひらが固くてドロドロとした水底に触れた。

アルフレッドは頭を上げた。視界は一メートルほどしかなかったので、手で水底を触りながら探した。レンガが山になったものやコテらしきものに手が触れる。息を止めながら、前、後ろ、右、左とできる限り順番に、漏れがないように探っていった。ちくしょう、あのナイフはどこにあるんだ？　アルフレッドは心の中で毒づいた。あいつらは上で笑っているに違いない。俺がすでに気を失っているか、死にかけていると思っているんだろう。アルフレッドは、よく見えないまま手探りを続けたが、その動きがだんだんと鈍くなってきた。と、そのとき、指先に尖ったものが触れた。やっと見つけた。腕を伸ばして素早く掴むと、やはりナイフだった。刃渡りは、少なくとも二十センチはある。将校たちは、口にナイフをくわえたコミュニストをイメージしているのだろう。そして、運がよければ、ポスターみたいに唇から血が流れているところを見られると期待しているのではないだろうか。

アルフレッドはナイフをくわえると全力で上へ向かい、怒り狂ったサメのように水面から顔を出した。カメラを持った将校から、フラッシュを浴びせられる。シュヴァルツは、割れるような拍手をしながら、子どものように小躍りしていた。アルフレッドはその足もとへナイフを吐き出した。血は付いていなかった。ひとりの兵士が地面から拾い上げる。アルフレッドは立ち上がったが、へとへとで足もとがよろめいた。ようやく普通に息ができるようになったころには、将校たちはもうこの場を離れており、ピカピカのメルセデスに乗り込むところだった。やつらにとっての見世物は終わったのだ。車がゆっくりと走りだすと、シュヴァルツが窓を下げて言った。

「おまえを誇りに思うぞ、ナカッシュ。今夜のおまえのスープには、小さなミートボールを入れてやろう」

　どっと笑い声が起こる中、付け加えて言った。

「十分に楽しめよ。来週は、同じようにはいかないからな」

　アルフレッドは毛布に包まった。何も考えることができない。起こったことすべてが、自分とは関係のない出来事のように感じた。かなりの時間が経ってから、アルフレッドはようやく動けるようになった。そして、ゆっくりと忌まわしいバラックに沿って歩き、医療棟へ戻った。辺りは死んだように静かだった。

一九二九年五月、シディムシド・プール

　五月のある日、アルフレッドに小さな奇跡が起こった。水恐怖症を克服したのだ。それだけではなく、水泳が好きになり、どっぷりとはまってしまった。でも克服できたのは、弟たちや従兄弟が助けてくれたからではない。シディムシド・プールにトレーニングに来ていたフランス軍の水泳チームのおかげだった。その日、十人ほどの背が高くてたくましい男たちが、色々な泳法を完璧なフォームで泳いでいたのだが、みんな本当に明るく楽しそうな表情をしていた。ということは、頑張ってトレーニングをすることは、楽しんではいけないということではないらしい。むしろその反対なのだ。苦しんで、限界まで頑張って、そして楽しむことだってできるのだ。アルフレッドは、軍人たちがしなやかに水をかき、すいすいと進んでいくのを見ていた。みんなの動きは、完璧にそろった振り付けのようだ。息継ぎをするごとに、規則的に湧き上がる白い泡の波に包まれる。広大な空を進んでいるみたいだった。

ターンで身体を回転させるところもすごかった。プールの端ぎりぎりのところまで近づくと、一瞬見えなくなる。頭をぶつけたのではと思ってひやっとしていると、さらにスピードを上げた状態で突然現れる。軍人たちは、泳ぎ終わると飛び込み台につかまって、腕を叩いて褒め合ったり、ときには冗談を言い合っているように見えた。義母のローズは『まるで水の中の魚みたいに幸せ』という言い方をしばしばするのだが、今はそれがよく理解できる。プールの端に座って見ていると、アルフレッドは、自分自身もその幸せな魚になったような気がした。じっと見ていたせいだろうか、軍人のひとりがこっちを見て『君も飛び込めよ』という身振りをした。恥ずかしくなり、アルフレッドは頭を横に振って断った。今じゃない、と思う。だが、その軍人は諦めなかった。他の軍人たちも近寄ってくる。

「やあ、そこの男の子、君もプールに入れよ！」

アルフレッドは身動きできなかった。最初に合図してきた若い軍人が、クロールでふたかきしただけで、こちらにやってきた。

「君、なんていう名前？」

「アルフレッド」

「泳げないのかい？」

「あまり……。あ、いや、泳げます。習ったので。でも、大きなプールはあまり好きじゃないんです」

「大きかろうが小さかろうが、全然関係ないさ。プールの端に沿って、ちょっと泳いでみて。全然危なくないから。俺はファビアン、アルジェリアのフランス軍水泳チームのキャプテンだ。俺たちは、ここコンスタンティーヌに十日間滞在する。そのあとは、大きなプールに行くんだ。アルジェで十カ国の軍隊が参加する競技会があるんだよ」

馴れ馴れしさにびっくりしながらも、時間を稼ごうと思い、アルフレッドは思い切って聞いてみた。

「勝てると思いますか？」

「もちろん。フランス本国にはヨーロッパで一番の、いや、たぶん世界で一番の水泳クラブがある。パリ、マルセイユ、トゥールーズ、最高のプールだよ。とくにトゥールーズのプールは、俺が小さいころから通っていたところなんだ。軍隊に入ってアルジェリアに派遣される前は、週に四回トレーニングしていたんだよ。よし、じゃあ君の番だ」

アルフレッドは、観念してファビアンに手を取られ、プールの中に入った。

「君の横にいるから大丈夫。ゆっくりと泳いでみて」

プールの端を離れてクロールで泳ぎ始めたが、すぐにパニックになり、がむしゃらに手足を動かすだけになってしまった。口からは水が入り、息ができなくなる。すると、ファビアンがプールの端まで連れて行ってくれた。

「落ち着いて、アルフレッド！　君は力がないわけじゃない。むしろありすぎるくらいだ。俺にはわかる。でもその力が空回りしていて、無駄に疲れてしまうんだよ。腕が十分に伸びていないし、足がうまく使えていない。俺の泳ぎを見ていて」

そう言うと、ファビアンはゆっくりと泳ぎ始めた。大きく水をかくと、水面を滑るように進んでいく。アルフレッドはそのイメージを頭に叩き込んだ。そしてまねをしようと繰り返し挑戦した。気のせいかもしれないが、さっきより腕が伸びて、心臓の鼓動も落ち着いていて、苦しくならない。ファビアンをがっかりさせていなければいいなと思っていたところに、声が聞こえた。

「そうだよ、そのとおりだ。いいじゃないか」

その言葉に、アルフレッドはほっとした。ファビアンがいてくれて励ましてくれることで、それまでには考えられないくらい自信を持つことができた。ゆっくりとレーンに沿って導いてくれるファビアンの横で、アルフレッドは泳いだ。もう怖くなかった。気持ちよかった。とっても気持ちがいい。義母が言うように、『魚のように幸せ』だった。

その晩、アルフレッドはいつもより早くベッドに入った。開け放たれた窓から聞こえてくるセミの鳴き声で、リラックスした気分になる。頭の中でアルジェの大会に行っているところを夢想した。熱狂するたくさんの観客の前で、プールに飛び込む準備をする……。と、そのとき、いつもの夜のように弟が部屋に来たのだが、アルフレッドは珍しく押し返した。妄想のじゃまをされたくなかったのだ。そして再び、飛び込み台に立って拍手喝采を受けている姿を思い描いた。そこにいるのは、軍の猛者であるファビアンではなく、アルフレッド自身だ。水泳界の新星だ。水に入るところ、そして表彰台に上がろうとしているところを想像すると、武者震いのようなものを感じた。父親がよく言う『神の助けを借りて』という言葉を思い出した。そうだ、僕も神の助けを借りて……。

一九三〇年四月、コンスタンティーヌ

アルフレッドがファビアンのレッスンでこんなに急に変わってしまうなんて、家族の誰も想像できなかっただろう。プールに行くと、アルフレッドは息継ぎさえせずに、クロールでずっと行ったり来たりを繰り返した。ときには一時間以上続けることもあった。

「おい、アルフレッド！　薬でも打ったのか？」従兄弟のジルベールが、ターンするタイミングでからかってくる。

飛び込み台の上に寝そべっているジルベールは、ちゃんとこちらに聞こえるようにと思ってか、口を水面すれすれに近づけて叫んでいる。でも、アルフレッドは無視した。もしバイオリンにおしっこをかけていたとしても、無視しただろう。なぜなら、アルフレッドは決心したのだ。すごい水泳選手になるのだと。もしみんなから、そんなことを考えるなんて馬鹿なやつだと思われているのだとしたら、残念だった。どうしてこんなふうに固く決心したのか、自分でもよくわからない。まるで強情を張っているみたいだ。いや、本当のところはわかっているのかもしれない。アルフレッドは思った。結局、自分はみんなから期待されたいタイプなのだ。そしてそれを言葉にしてちゃんと言ってほしいのだ。そうすれば、限界がなくなる気がした。オマール高校でもそうだった。得意なのは、教えてくれる先生から関心を向けられている教科だけだ。例えば歴史のシェルキ先生は、いつも温かい目を向けてくれる。その結果、成績はクラスで三番だ。反対に、数学のバルデ先生は、答案用紙を返してくれるときには悲壮感漂う顔をする。そういう教科はビリから二番目になってしまうのだ。アルフレッドはときおり思った。もし自分に兄がいたら違っていたかもしれない。あるいは、父親がもっと感情をはっきりと見せる人で、今のように宗教的なことに厳しくなかったら……。おそらく自分は、他の人よりもはっきりとした愛情表現が必要なのだ。そして、褒めてほしいのだ。アルフレッドは褒めてもらうことが好きだった。褒めてもらうことが原動力になった。アルフレッドは、ファビアンを称賛している。それと同時に、ファビアンにも自分を称賛してほしいと思っている。そういうことなのだ。バルデ先生の言うとおりだ。『簡単だぞ！』

ひとつ確かなことがある。それは、褒めてもらえさえすれば、アルフレッドは自分が強くて幸せだと感じることができる、ということだ。頻繁に湧き上がってくる自信のなさを払拭することができる。アルフレッドは、おどけた態度をとることで、自信のなさをできるだけ隠そうとしていた。これは、家族や友人にとっても問題だっただろう。アルフレッドはいつも笑顔だった。幸せではち切れそうなときも、激しく落ち込んでいるときも、同じように。周りの人たちがそれを見分けるのは、簡単ではなかった。それゆえに、少なくとも自分の気分で周りをうんざりさせることはなかったのだが。

それから数週間ほどで、アルフレッドは自分の身体が変わってきたことに気がついた。まず肩幅が広くなった。そして鏡に映る自分の上半身は、歴史の教科書に載っているギリシャ・ローマ時代の彫刻のようになってきた。腹の筋肉は盛り上がり、プールの反対側からでも見えるのではと思うほどだった。腿はといえば、水泳のキックの効果で、レッドスターのサッカー選手の筋肉で引き締まった脚と同じようになってきた。そりを引く馬のようなたくましさだ。そんなアルフレッドにとってただひとつの誘惑、それは、チョコレートがかかった焼きたてパンだった。祖母が、シディフレジ・シナゴーグの前にある共同のかまどで焼いてくれる得意料理で、練習から帰ってくると、際限なく食べてしまうのだった。

一九三〇年七月、ポール

アルフレッドは、シディムシド・プールで数十往復したあと、太陽の下でくつろいでいた。ふと横を見ると、同じ高校に通う女子生徒のポール・ザウイがいるのに気がついた。緑色の大きな目の中で虹彩が金色に光っていて、あまりにもきれいでこの世のものではないみたいだ。金のスパンコールみたいだな、とアルフレッドは思った。ポールは、生地製造業者の娘で、父親はカルチャラの名士のひとりだ。魅力的だが、孤高の人という感じで、近づきがたい雰囲気だった。最近はますます優雅になって、評判も高まっているので、男子生徒たちはよけいに近づけなかった。きれいすぎたし、ミステリアスすぎたのだ。ポールは、しょっちゅう兄弟姉妹と一緒に泳ぎに来ているようだった。

この日、ポールが寝転ぶためにタオルを敷いたのは、アルフレッドから数メートルのところだった。アルフレッドは、ポールの身体のラインやとくに胸など、頑張って見ないふりをした。ポールの身体は柔らかそうでもあり、引き締まってもいた。見ていると、気持ちが乱れてくる。ポールは、日光浴をするのにいいポジションを探しているようで、うつ伏せになってみたり、仰向けになってみたり、また脚を曲げたり伸ばしたりしている。そして、とうとう顔をこちら側にして、横向きになった。アルフレッドもポールのほうに身体を向けていたので、目が合わないように、慌てて筋肉のついた腕で顔を隠した。だが脚が影に入ってしまうのを避けたかったのか、ポールは起き上がるとさらに近づいてきて、一メートルほどのところにタオルを敷き直した。

「ポール！」

アルフレッドは、思わず名前を呼んでしまった。

「まあ、アルフレッド！　あなただったの？　さっきプールで泳いでいるところを見ていたのよ。ものすごく速かったわ。うちの家族は、あなたの話で持ちきりだったのよ。みんなで、アルフレッドはチャンピオンになると話していたの」

「それはわからないけど」

「いいえ、わかるのよ」うつ伏せになりながら、ポールは微笑んだ。「あなたはシディムシド・プールの中で一番速いわ。誰も追いつけないもの」

「君は？　泳ぐのが好きなの？」

「私が好きなのは、飛び込むほうかな。さあ、こんなに太陽を浴びたら十分でしょ、そう思わない？　身体を冷やしに行きましょうよ」

返事をしないうちに、ポールがプールに向かって走りだし、そして飛び込んだ。ダンサーのように優雅だ。アルフレッドもあとに続いた。そして水の中で向かい合う。頭上には太陽が輝き、青いプールにはルーメル峡谷の岩肌が映っている。アルフレッドは、水中で脚を動かし、肩を水面から出した。ポールのほうは、ほとんど動かず、浮いているように見える。濡れた髪が頭の後ろに張りつき、広くて日に焼けた額が露わになった。

「今度、一緒に映画に行かない？　キルタ地区で『巴里の屋根の下』をやっているの。従姉妹が見に行ったんだけど、歌がとってもよかったんですって。それに私、パリの風景を見てみたいの」

「行くよ！　来週の土曜日はどう？」

「来週の土曜日ね」

ポールが平泳ぎでひとかきし、首に飛びついてきた。まるで昔からの知り合いみたいに。アルフレッドはその勢いにびっくりして、しばし固まった。全然動けない。ポールの肌の感触で、全身が震えた。これが恋に落ちるっていうこと？　アルフレッドは、顔の向きを変えて目と目を合わせる勇気が欲しかった。そして唇と唇を合わせる。でもそんなことは不可能だ。あまりにも早すぎる。それに、そもそもアルフレッドには全然確信が持てなかった。たぶんポールは、ただの友達になりたいだけなのだろう。未来のすごい水泳選手の友達に。動揺を隠して離れなければ。キスなんかして最悪の失敗をしてしまうよりも、楽しく遊んだほうがいい。

「腕を伸ばして、僕の足首につかまって」

ポールはすぐに言ったとおりにした。こちらの周りをぐるっと回って足首を掴み、これでいいの？　という顔をする。アルフレッドは、その状態でプールを泳ぎだした。腕の力だけで進み、ポールを引っ張っていく。アルフレッドが機関車で、ポールが客車というわけだ。速く泳げば泳ぐほど、ポールの澄んだ笑い声は大きくなった。幸せがはじけて、ルーメル峡谷の岩壁に反射し、向こう側へと消えていった。

一九四四年一月十日、トゥールーズからパリへの列車

まるで手紙を入れた瓶を海に投げるかのようだった。手錠をかけられていない女性たちは、急いで手紙を書き、それを列車の窓の上の隙間から外に投げていた。何枚もの手紙が列車に沿ってくるくると舞う。そして乱れた軌跡を描いたあと、木々の中やタイヤの下、道の真ん中へと落ちていった。どうか慈悲深い人たちに拾われ、宛先まで届けられますように、と願

って書かれた手紙だ。書かれているのは、無理やり連れて行かれるこの旅がどこに向かっているのかという不安、愛情や励ましの言葉、あるいはただ単に、寒い冬への備えについての注意などだ。この旅が片道切符なのではという予感や、匿名での助けを求めるものもある。

アルフレッドは、手錠をかけられるのを免れ、アニーを腕に抱くポールと一緒にいた。すると、隣にいる女性から声をかけられた。

「すみません、私はちゃんと書けないので、助けていただけますか？」

女性はシャジャと名乗った。やはり子どもを腕に抱いている。夫のゼルマンも一緒だというが、ゼルマンは手錠をかけられ、車内の向こう側につながれていた。夫婦は、ポーランドのブギロサンという小さな村の出身だった。ナチズムから逃れ〈自由地域〉だったフランスのオート＝ガロンヌ県に移り住み、ゼルマンは仕立職人、シャジャは家政婦として働いていたが、ドイツ軍が〈自由地域〉まで占領したことで、またいつどうなるかわからない危険な状態に陥ってしまったのだという。そしてシャジャは、とうとうトゥールーズのサン＝ルイ通りで親独義勇軍兵士に捕まってしまった。そのときはひとりだったため、雇い主である医者夫妻にどうにか連絡をとりたいと思っていたのだ。思いやり深い雇い主夫妻は、きっとカルカッソンヌ近くに住むゼルマンの兄にこのことを知らせてくれるだろう、と期待していたからだ。ポールは快く引き受け、シャジャの雇い主の家族へ宛てた短い手紙を代筆した。宛先をできるだけはっきりと書こうとしている妻の様子を見て、アルフレッドは、最初に出会ったころから魅了されていたポールの優しさに、改めて心を動かされた。アルフレッドたちも突然逮捕され、無理やり引き離され、サン＝ミシェル刑務所に入れられてしまったが、こうしてまたポールとアニーに会うことができたのは、ひとつの勝利だと思う。

　この列車には百人ほどのトゥールーズ市民が乗せられていたが、皆、アルフレッドの顔を知っていた。一番最近の大会には出場できなかったのだが、それでもスターであることに変わりはない。人々は称賛のまなざしを向けてくれたが、気まずそうにしている人もいる。『どうしてアルフレッド・ナカッシュまでこの列車に乗せられているんだ？』と思っているように。フランス憲兵さえも、すれ違うときにはいたたまれないような表情になった。

だが、ひとりの若者は遠慮がなかった。レオンという名の二十三歳の若者で、姉のルイーズと一緒とのことだった。[1] ルイーズは車内の前のほうに座っているそうだ。

　レオンは近づいてくると、微笑んでこう言った。

「あなたと話せて嬉しいです。僕は二年前からずっと、あなたの活躍を見てきました。ドイツ人は、頭がおかしくなってしまったようですね」

　レオンによると、姉のルイーズは逮捕されたとき、とっさに自分の五歳になる娘を管理人の子どもだと偽ってなんとか託してくることができた。おかげで、今は娘の心配はせずに済んでいるという。

「君は？　仕事は何をしているの？」アルフレッドは聞いた。

「僕は、トゥールーズで電話交換手をしていました。でも解雇されてしまって。それからは、あちこちでちょっとした電気設備工事の仕事をしています。けっこううまくやっているんですよ。以前はプルボだったんですけど」

「プルボって？」

「モンマルトルのわんぱく小僧っていうような意味です。モンマルトルで歌を習っていたんですよ。だから、僕はしょっちゅう歌っています。何かうまくいかないとき、祈る人もいれば、泣く人もいるし、黙り込んでしまう人もいますけど、僕は歌うんです！」

「いいじゃないか！　ところで、君の両親はどこにいるんだい？」

「ずっとパリにいます」

「危険じゃないのかい？」

「両親は、十八区の警察署の真ん前で、小さなテキスタイルの店をやっています。なぜだかわからないのですが、警察は両親を保護すると約束してくれているのです。たぶん警察は、父親の今までの人生を買ってくれているんじゃないかと思います。父はルーマニア人でしたが、フランス軍に志願し、戦闘にも参加しました。信念を持った社会主義者で、フランスに帰化していて、五人の子どもの父親でもあります。そしてなんといっても財産はまったくないんですからね。両親は警察の言葉を信用していますし、それに自分たちがユダヤ人であることを誰にも話していなかったので、大丈夫だと思います」

「そうかもしれないね」アルフレッドは言った。そのとき、列車はまたスピードを落とし、そして止まった。

「僕は、ここから逃げ出すつもりです」レオンが周りを気にしながら言った。「でも姉のルイーズが繰り返し言うんですよね。『私は走れないわ。走れないわ』って。トゥールーズのマタビオ駅はすごくごちゃごちゃしていたから、逃げ出せたのになあ」

「危険なことをするな、レオン。ルイーズの面倒をみてやるんだ」

トゥールーズとパリの間はまさにローカル線だった。列車はのろのろと進み、パリのオステルリッツ駅に着いたときには、すでに二十四時間経っていた。駅のホームに降りると、太陽が昇り始めていた。憲兵隊に取り囲まれ、用意された数十台のバスまで連れて行かれる。どこに行くのか？　それは誰も知らなかった。

仕事に出かけるパリっ子たちが見える。みんな、こちらにはまったく関心を示していない。そして、何も心配していない様子だった。

ピチポイ前の最終段階

アルフレッドは、バスの中から後方をふり返ったとき、駅のプラットホームの上にこの町の名が書かれているのがちらりと見えた。ドランシー。パリから十五キロほどしか離れていない町だ。パリの郊外ではあったが、アルフレッドにとっては、とくに思い入れがある場所ではなかった。トゥールーズに行く前はパリに住んでいたが、記録を目指して泳いでいたのはパリの大きなプールだったので、ここに思い出はない。

バスは連なって町の中をゆっくりと進み、そして、金属のきしむ音を立てながら停車した。疲れ果てた人たちの身体がガクンと揺れる。アルフレッドは身体を横に傾けて外を見た。数メートル離れたところに有刺鉄線があり、灰色がかったいくつかの建物の周りに張り巡らされているようだ。建物は馬蹄形に配置されているように見えた。フランスの憲兵が、銃を肩から斜めにかけて見張りについている。塀の向こう側から聞こえるざわめきが、どんどん大きくなってきた。その中には、ドイツ語で命令する怒鳴り声や、甲高い叫び声、あるいは、女性の天に昇っていくような歌声が聞こえた。バスが再び車体をぶるっと震わせた。アルフレッドはバスを降り、ポールやアニーと一緒に、はてしなく続いているように見える塀の中に入った。窓もドアもない五階建ての建物が、冷たい風に吹きさらされている。そこに、おそらく千人以上の人たちが集められていた。男も女も、子どもも年寄りもいる。

ドランシーのコンクリートの建物が並ぶこの地区は、収容所へと変えられていた。十五階建ての建物が五棟並んでおり、これはフランスにおける最初の高層ビルだ。ミュエットという名のこの集合住宅地区は、理想的な居住場所を作るという大いなる野望を持って計画されたものだったが、そんなことなど誰も想像することすらできないような状態になってしまった。発案者であるアンリ・セリエは、『日が当たる住居で、健康的かつ喜びのある生活が送れるようになるための、人道的な素晴らしい開発』ということで計画したはずなのだが……。

建物の中に入ると、もうフランス憲兵はいなかった。替わりにナチスと、そして収容者の中から任命されたリーダーたちがいて、到着した人たちに場所を割り当てたり、行動を指示したりしていた。侮辱的な言葉や棍棒《こんぼう》を使って、命令に従わせている。床や壁は汚く、ひどい臭いがした。許可なく休むことは禁止、理由なく動くことも禁止と言われたので、その中でできることをするしかなかった。

電気技師のレオンが近くに連れてこられたので、アルフレッドはまたレオンと話す機会を得た。レオンの姉ルイーズは、収容所内の別の場所に連れて行かれたらしい。ここでもアルフレッドは顔を知られていて、皆から声をかけられた。チャンピオンとして、何度も新聞に写真が掲載されていたからだろう。割り当てられた部屋の中には、ぴったりとくっついて離れないふたりの少年がおり、アルフレッドは気になった。兄弟とのことだが、見た目はずいぶんと違っていた。弟のジェラール[2]は、まだ十五歳とのことで、にこやかな目をしている元気いっぱいの男の子という感じだ。一方、兄のピエールは、背が高くてひょろっとしており、小さな丸眼鏡を通して哀愁漂う雰囲気が感じられた。ジェラールはこちらをじっと見てきたが、ピエールは何の関心も示してこない。とはいえ、うなだれたままだったのだから、誰がいてもわからなかっただろうが。

アルフレッドは立ち上がり、ふたりに近づいて、持っていたチョコレートを分けてあげた。ジェラールは感動した様子で、アルフレッド・ナカッシュと間近で顔を合わせられるなんてと言って、素直に喜びを表した。ふたりは数日前にマルセイユから来たのだという。母親と姉のミレイユも一緒だったが、今はどこにいるのかわからない、父親はアルジェリアからの輸入品を扱う会社を経営していたのだが、自分たちより二週間ほど早く、会社の事務所にいるところを逮捕されてしまった、と話した。ジェラールによると、赤ちゃんのための籠型ベッドを最初に輸入したのはこの父親なのだそうだ。「マルセイユの旧港は混乱状態でした。逮捕されて以来、父がどうなったかまったくわからないのです」

「僕もアルジェリアから来たんだよ」とアルフレッドは小さな声で言った。「正確にはコンスタンティーヌだ。そこで水泳を習ったんだ」

「僕の父は、あなたを崇めていたんですよ。二年前、マルセイユのスイミング・サークル・プールで、二百メートル平泳ぎの世界記録を出しましたよね。父はその場にいることはできなかったのですが、そのときの新聞を大切に持っていました。あなたが舌を出している写真が載っている新聞です」

「いつもの癖なんだ」アルフレッドは微笑んだ。

「ナチスが僕たちをどうするつもりなのかわかりますか？」

「まったくわからないよ」

「さっきお年寄りたちが言ってたんですけど、ここにいる人たちは、これからアルザスにいちご狩りに行くか、さもなければピチポイに行くんだろうって」

「ピチポイって？」

「どこにもない国のことだよ」突然、すぐ脇で壁にもたれて座っていた老人が、ため息をつきながら言った。

どこにもない国……。アルフレッドは血が凍るような気がした。ポールを見ると、抱いているアニーの世話をしている。ここまでは、持ってきた食べ物でなんとかアニーの空腹を満たすことはできていたが、これからまだこの状態は続くだろうし、ますます寒くなってくる。それに、まともに衛生状態を保てない状況は、身体にも影響が出ていた。

＊＊＊

アルフレッドは、他の人たちと一緒にドランシー収容所の中庭にいた。SS〔親衛隊《ナチス》〕や収容者の中から選ばれたリーダーたちが、鼓膜が破れそうなくらいの大声で点呼をとっている。鉄板をハンマーで叩いているような騒がしさだ。ふと見ると、レオンがしっかりした足取りで、こちらに向かって歩いてきた。楕円の眼鏡を額にかけ、手には道具箱、そして腕には〈電気技師〉という腕章をしている。

「僕は、うまいこと電気技師だと思わせることができました。国立工学院で勉強したと言ったら、SSの将校が信じてくれたんです。その学校のことを知っているみたいでした。将校は、電気技師が見つかって嬉しそうでしたよ。入り口の見張り小屋の改修のために、ケーブルを引くように言われました。今度こそ、僕は逃げます」

「でも、レオン。お姉さんは？」

「ルイーズですか？　ルイーズは、ここに着いた翌日に、列車に乗せられてどこかに連れて行かれたことがわかりました。だから、僕にはもう失うものは何もないんです」

アルフレッドは何も言わなかった。怒りを抑えるのがやっとだ。レオンは、自信満々に親指を立ててみせると、道具入れを手に確固たる足取りで離れていった。

＊＊＊

割り当てられた部屋は、多くの収容者たちと一緒だった。床は硬く、湿っている。毎晩アルフレッドは、ポール、そしてアニーと身体を寄せ合い、少しでも寒さをしのごうとした。食事として与えられるスープはひどいもので、黄色い液体に少しばかりの野菜くずが浮いているというようなものだった。隙間風が入り込み、嫌な臭いがし、カビも生えている。さらに、中庭が一晩中こうこうと明るく照らされているので、なかなか眠りにつけない。多くの収容者たちは手紙を書いていたが、それはこの宙ぶらりんで先が見通せない不安を払いのけるためなのだろう。

手紙の内容は様々だった。『雨戸を閉めるのを忘れてしまったわ。子どものコートを持っていってね』というような日常的な事柄もあれば、『君がいなくて寂しいよ。僕のことは心配しないで……』という愛の言葉もある。中にはルイーズ・ジャコブソンやガブリエル・ラメの手紙のように明るく楽しいものもあって、『あなたからの小包を受け取りました。なんてたくさん……。心から、そして胃袋からもありがとう！』などと書かれている。そしてもちろん、大きな苦しみを訴えたものもある。そこには名前ではなく、『苦しんでいる私とその子どもたち』と署名されている[3]。

アルフレッドは、この状況の中、ジェラールと小さな声でよく話をするようになった。兄を一生懸命に支えているこの少年を、アルフレッドは高く評価していた。真夜中に、ふたりでマルセイユのこと、コンスタンティーヌのことを語り合う。故郷の輝く太陽のことは、忘れたくても忘れられない。

「ドイツ兵がマルセイユの港と浮橋を爆破したときは、ショックでした」ジェラールが言った。「初めて恐怖を感じました。それでも、僕の家族は出かける予定をキャンセルしたりはしなかったんですけど。マルセイユとカシスの間にあるソルミウとかモルギウのきれいな入り江に行ったり、市内のボレリー公園で闘牛やボクシングの試合を見たりしました」

「覚えている試合はある？」

「はい。マルセル・セルダン〈アルジェリア出身。ウェルター級のボクサー。〈キット・マルセル〉と呼ばれる〉が、スイスのミドル級チャンピオン、フェルナンド・フレリーにＫＯ勝ちした試合は、すごかったです」

「水泳はやらないの？」

「去年の夏は、週末になるとシュヴァリエ＝ローズ・プールに行ってました。でも、僕たちが本当にはまっていたのはプールじゃなくて、プールサイドで味わうフリゴロジィなんです。一番おいしいアイスですよ」

「いつか君に、レモンシャーベットの話をしたいな。コンスタンティーヌの祖母が作ってくれたんだ……」

ぽつぽつと交わされる会話は、暗い気持ちや不安を和らげ頑張ろうと思わせてくれる、甘酸っぱいキャンディーのようだった。でも、楽しかったことを思い出すことで、今の空腹や不潔な状況がいっそう辛いものになったのも事実だ。自分の頬に触れてみると、無精ひげが生えている。ひどい顔になっているだろう。手は黒くなり、着ている服は湿ってカビが生えている。アルフレッドは嫌悪感を抱いた。ポールのことを思うと苦しくなる。ポールは、あらゆる努力をして、なんとか体裁を保っていた。今まで一度たりとも考えたことなどなかったのに……。アルフレッドは心の中でつぶやいた。こんなにも短い時間で、シラミだらけの状態になるなんて。

＊＊＊

一九四四年一月十七日、アルフレッドはドランシーで、アロイス・ブルンナー[4]の事務室に呼び出された。ブルンナーは、六月終わりにドランシー収容所にやってきたオーストリア人の司令官で、皆から恐れられている人物だ。事務室を訪れると、ブルンナーが十人ほどの下士官たちに囲まれていた。下士官たちもやはりオーストリア人で、身辺警護の役割を担っている。その中のひとり、ヨーゼフ・ヴァイツル親衛隊中尉――かつてのウィーンの床屋の息子であり、今はブルンナーの下でユダヤ人襲撃に関与している――から、アルフレッドは部屋に招き入れられ、座るよう指示された。ヴァイツルが説明するには、アルフレッドの素晴らしいスポーツでの実績を考慮して、トゥールーズに戻ることを許可する、とのことだった。

「ただし、残念ながらあなたの妻と娘については、何の許可も出ていない」

「それでは、戻りません」アルフレッドは立ち上がった。

「よく考えたまえ、ナカッシュ」

「考えました」

「それでは、お好きなように」ヴァイツルがそう皮肉っぽく言い、アルフレッドは乱暴に部屋の外へ出された。

　二日後、アルフレッドは、翌日の朝にボビネー駅から列車に乗ると知らされた。収容所から数キロのところにある駅だ。収容されている人たちの間で、この新たな移送についての様々な噂が広がった。ほとんどの人たちは不安そうな顔をしていたが、中には今よりもマシになるのではという希望にしがみつく者もいた。今度は手錠をかけられないだろうか。荷物は全部持っていけるのだろうか。数日分の食料はもらえるのだろうか。ジェラールは、何か良い兆しを探そうとしているように見えた。兄のピエールのほうは、神経質になっていて、ひと言もしゃべらなかった。

　その日の夜十時ごろ、突然命令が出された。全員部屋に行って荷物をまとめ、数分で集合するようにとのことだった。アルフレッドはポールと共に、旅行カバンにできるだけ多くのものを詰め込んだ。すると、腕に電気技師の腕章をつけたレオンが現れた。

「僕もみんなと一緒に明日出発します」

「どういうことだい？」アルフレッドは驚いて聞いた。

レオンは、脱走しようと色々やってはみたもののうまくいかなかった、と話した。収容者が秘密のトンネルを掘り、数十人が脱走するという事件が起こったため、ＳＳがピリピリと神経を尖らせているからだという。レオンは、ナチスから収容所の照明を補強するために使える人材だと思われていたので、次に移送されるグループのリストに名前は載っていなかった。だが、自らリストに載せてくれとしつこく頼んだそうだ。

「ここにいても逃げられないけれど、列車に乗れば、今回はルイーズがいないのだから、逃げ出せると思うんです」

「まったく君は、おかしいよ……。ナチにはなんて言って頼んだんだい？」

「女の子の友達に寄り添いたいから、と話しました」

「その女の子って誰？」

「昨日たまたま会った子です。建物の玄関の隅でうずくまっていました。その子の話では、家族はみんなすでに移送されてしまい、今度は自分も移送されるとのことで、泣いていました。僕はその子に、列車の中で一緒にいてあげるから、と言って励ましたんです。全然知らない子なんですけどね」

レオンは、モンマルトルのわんぱく小僧のままだった。そうして、ピチポイ行きのリストの最後に名前が載ったのだ。

第六十六輸送列車

一九四四年一月二十日。アルフレッドは多くの人たちと共に、家畜用の車両に押し込まれた。アウシュヴィッツまでの行程は、恐ろしいものだった。車内は息苦しく真っ暗で、板張りの扉の隙間から、わずかに光が入り込んでくるだけだ。すぐに、喉の渇きが乗っている人たちを苦しめた。喉が干上がり、唇が分厚くなったように感じ、舌が硬直した。翌日になると、排泄物の臭いがあちこちからしてきた。動物になったようで、恥ずかしくて辛かった。千人以上の人が、同じ列車に乗せられていた。[6] アルフレッドは、ポールの手を握って離さなかった。ポールは、アニーをしっかりと腕に抱いている。この列車に乗せられる前、アニーは大好きな黒い子犬のぬいぐるみを取り上げられてしまっていた。まだ二歳だというのに。

この小さな娘に何と言ったらいいのだろう？　たいしたことじゃないとでも？　『このひどい時間は長くは続かないよ。パパとママを信じて。すべてはもうすぐ終わる。明日、日が昇ったら、ピチポイの広い平原は太陽の金色の光できらめいている。そうしたら、アニーは生まれて初めての雪合戦が楽しめるよ』そんなふうに言えというのか。

二泊三日。その間、アルフレッドの周りでは、子どもたちは泣き、親たちは祈り、年配者や病人たちはうめいていた。閉めきった空間の中に隣の人と身体がくっつくほど詰め込まれ、窒息しそうだ。悪臭と、恐怖と、耐えがたい暑さの中で過ごした。三日後、ようやく列車は、きしむ音を立てながら減速し始めた。さらにブレーキがかかり、ついには乱暴に停車した。一月二十二日から二十三日にかけての夜だった。遠くのほうから、犬の吠える声と、近づいてくるドイツ兵の声が聞こえる。そして、耳を聾《ろう》する音と共に、車両の長さとほぼ同じだけある開口部が全開となった。凍りつくような風が肌に刺さり、巨大な投光器から放たれる白い光で目が見えなくなる。ドランシーを出発してから時間の観念がなくなっていたが、アルフレッドは、おそらく夜中の十二時から一時の間くらいだろう、と推測した。

「急げ！　ぐずぐずするな！　早くホームに降りろ！」SS将校の怒鳴り声と、異常に興奮した犬たちのうなり声が混じり合う。

アルフレッドは、ポールの手を掴んでステップを降りるのを助けた。消耗しきった老人たちが、凍りついたホームの上に倒れ込んでいる。ドイツ兵が、立ち上がらせようと老人たちの身体を揺すった。ここで、自分たちの目の前で、おそらく何人かは死んでしまうだろう。絶望のうめき声を上げて、息子や娘のほうに手を伸ばしている様子を見て、アルフレッドはなんとか励まそうと視線を送った。と、そのとき、将校に突き飛ばされ、握っていたポールの手が離れてしまった。

「女と子どもは右だ！　おまえは左へ行け！　ぐずぐずするな！」

　左右の列の間は数メートルしか開いていなかったが、その間には深い溝があるような気がした。アルフレッドは、ポールと、まるで愛を交わしているかのように視線を交わした。辺りには泣き声や叫び声が響き渡り、声を出したとしてもひと言も聞き取れなかっただろう。ポールの乾いてひび割れた唇は、何かをつぶやくように動いたが、読み取ることはできなかった。アルフレッドは、再び押されて前に進んだ。男たちは選別されて、左の列のほうへと容赦なく押しやられて並ばされている。ひとりの兵士がこちらをじっと見てから、将校に耳打ちした。将校がこちらへ歩いてくる。ポールとアニーは視界から消えてしまった。どうやら防水シートで覆われたトラックのほうへと連れて行かれてしまったようだ。

「ナカッシュ？　おまえはナカッシュなのか？」将校が尋ねてくる。

「そうです。私はナカッシュです。水泳選手です」アルフレッドはドイツ語で答えた。

「偉大なチャンピオン、ナカッシュ。ここに迎えることができるなんて、喜ばしいことだ。長い旅をしてきた割には、元気そうじゃないか」

　アルフレッドは微笑んでみせたが、怒りで胃がねじれた。こいつの喉元に飛びかかってやりたい。この場では絶対的な権力を持つこのげす野郎の糊の利いた襟を締め上げて、今の優しげに聞こえる言葉をもう一度言わせ、そしてハーケンクロイツ〔鉤十字〕を剥ぎ取って、口に突っ込んでやりたい。だが、その将校は行ってしまった。

「君は運がいい」四十代くらいの背の低い男性が、耳元で話しかけてきた。南仏なまりがあり、丈の短いスーツを着ている。大混乱の中で、その男性は心静かな様子だった。

「ドイツ人たちは、我々を働かせる気だ」

「でも、妻と娘は？」

男性は少し視線を落とし、こちらの肩に手を置いた。

「考えなくていい。誰にもわからないんだ。君が今しなければならないことは、やつらにとって役に立つ存在になることだ。ドイツ兵たちは、我々を必要としているんだから。君の奥さんと娘さんは、なんていう名前なんだい？」

「ポールとアニーです」

「君は？」

「アルフレッドです」

「またふたりに会えるよ、アルフレッド」

アルフレッドは、トラックのほうに押されてしまい、男性の名前は聞けずじまいだった。

乗せられたトラックは、小さな村——のちにモノヴィッツという名だということがわかった——に沿って、十キロほどでこぼこ道を走り、収容所の入り口で停まった。アルフレッドは、煙を吐く煙突を備えた巨大な工場があるのに気がついた。あそこで重労働をさせられるのだろうか？

アウシュヴィッツ、最初の日

「服を脱げ！」ＳＳが叫ぶ。

他の人と同様、アルフレッドも服を脱いで裸になった。全裸だ。気温はマイナス二十度くらいだろうか。大きな雪片が舞い落ちている。頭のてっぺんから足の先まで震えながら、手で陰部を隠していた。何が行われているのかわからないまま待たされる。すると、何列か離れたところにいたレオンが、前を通り過ぎようとしていたＳＳから、いきなり銃床で顔を激しく殴られた。

「あいつ、頭がおかしいんじゃないのか」ＳＳが離れると、レオンが手で血をぬぐいながらうめく。

だが、右隣にいる男性は、レオンのほうを見て言った。

「いや、『全部脱げ』と言われただろう？　なのに眼鏡をかけていたからだよ」

と、突然、目の前にあるバラックの扉が開いた。

「中に入れ！　早く！」別のドイツ兵が叫ぶ。

中に入ると、全員、置いてあった台の上に乗るよう命令された。言われたとおりにすると、今度はバリカンを持った男たちが現れた。男たちの役目は、収容者たちの体毛を剃ることだった。脚、陰部、胸、脇の下、頭、眉毛……。すべて剃り上げられる。ドイツ兵たちはこの行為を『高速道路に乗せる』と称していた。それが終わると、また外に出るように命じられ、違うバラックへと連れて行かれた。そのバラックは内部がふたつに分かれており、片方の部屋はパイプから蒸気が噴き出しているひどく暑いサウナで、もう片方は冷凍庫だった。数時間もの間、その暑い部屋と寒い部屋とを何度も往復させられた。寄生虫を取り去って、チフスの流行を防ぐためだとのことだった。幾人かは、この拷問に耐えられなかった。死んでしまった者たちは、トラックの荷台へと投げ込まれた。

アルフレッドたち収容者の前に将校がやってきて、演壇代わりの台の上に立った。ウエストを絞った黒の制服を着て、ずいぶんと見てくれがいい。かたや二百人の収容者は、まだ全裸のままだった。将校が部下の耳元で何かをささやく。すると、部下が革で覆われた棍棒と大きな工事用のスコップを持ってきた。次に将校は収容者をひとり指さし、前に出てくるよう身振りで示した。偶然に選ばれたであろうその収容者が、命令に従い将校の足もとに着いたとたん、将校は棍棒で収容者に激しく殴りかかった。一回だけではない。三回、五回、十回……。激しい殴打に、収容者はくずれおちた。すると将校は演壇から降り、大きなスコップを掴んだ。そして、倒れた男性の首をまたぐように立つと、スコップの先端を首に押し当て、うめいていた哀れな男性を窒息させるように力を加えた。すぐにうめき声は消えた。静寂が辺りを包む。収容者たちは皆、息をすることもできなかった。初めて殺人を見た瞬間だった……。将校は立ち上がり、道具を片付け、そして大切なことを言うように説明した。ここでのトップは区画長たる自分である、自分はここにいる全員をひとりひとり順番に殺すこともできる、これは自分の権利なのだ、と。

再び、アルフレッドたちは、雪の中を数百メートル歩かされた。今度は、インキ壺に浸された針が待っていた。入れ墨だ。腕に六つの数字を掘られた。傷だらけの身体に、決して消えることのない残虐行為の印が刻まれる。彫り師の役割を担っていた男は、すぐにこちらが誰であるかに気がついた。チャンピオンのナカッシュ。だがこれからは、その名前は奪われ、172763という数字でしかなくなる。彫り師に『頑張れよ』と声をかけられたが、そこに悪意はなく、面白がっているように見えた。それが終わると、今度は古い囚人服の山の前に連れて行かれた。誰かが使ったもので、縞模様の生地には、手垢や、赤痢などの感染症のせいなのだろうか、下痢で汚れた跡がある。その山から囚人服を取ると、帽子と、木靴が与えられた。木靴はほとんどが左右そろっていない。そしてシャツも、パンツも、靴下もなかった。冬の寒さや、とんでもない命令から身体を守るものは、このざらざらした汚い布きれしかないのだ。服を身に着けると、アルフレッドはひとりの将校に、並んでいた列から引っ張り出された。

「いい体格をしているな。それに、有名人だ。おまえは中央医療棟に配属だ。ワイツ先生が担当している。アルザス出身の優秀な医者で、十八区画の診療所を任せている人物だ。おまえたちふたりは、気が合うだろう」

医療棟に配属。そう言われた瞬間、アルフレッドは最悪の状況からは逃れられたことを理解した。

収容者たちは、いつまでともわからず長時間待たされていたので、自然と会話を始めていた。そのとき、除雪作業をしていた人たちが、道すがら監視の目を盗んで話しかけてきた。そして、これから行くことになるバラックのひどい様子を話してくれた。曰く、何段にも重ねられたベッドはシラミだらけで、ネズミやダニ、ゴキブリのすみかになっている。トイレはたったひとつのバケツだけで、照明も窓もない。出されるスープは吐き気を催すものだ。毎日何人もの人が過労と栄養失調で亡くなっているが、家畜の骨のようにトラックの荷台に捨てられ、そして見えないところで焼かれている……。きれいな青空に黒い煙を吐いているあの高い煙突は、そのためのものだった。死体焼却炉だ。煙突は三本あり、その近くを歩くときには、口いっぱいに酸っぱいものがこみ上げてくるのだという。死の臭いが立ちこめているのだ。

話をしてくれた収容者の中に、エリという六十代くらいの男性がいた。きれいな目をしていたが、腕は痩せ細っている。そのエリがぼそぼそとした声で繰り返し言った。『ここ、アウシュヴィッツ収容所へ連れてこられたユダヤ人たちは、みんなガス室へ送られ、その後焼かれる』どうしてそうだとわかるのかと問われ、エリは説明した。それによると、エリは二年前までパリで公共事業の道路建設の技師長をしており、行政機関を辞めてからも、整備開発を担当する大臣の顧問と親しくしていた。その友人が、エリに繰り返し忠告したのだそうだ。

『君は、ユダヤ人が大勢捕まった〈ヴェロドローム・ディヴェール大量検挙事件〔ヴェル・ディヴ事件とも〕〉を逃れたけれど、今や警察がすべての場所をしらみつぶしに捜査しているんだ。ナチスの占領地ではないロワール川より南の〈自由地域〉だって、例外じゃない。捕まったユダヤ人は、全員ドランシー収容所に連れて行かれ、そのあと特別列車でドイツかポーランドの収容所へと送られる。そして順番にガス室で殺されるんだ』

長い間、エリはパリのユニヴェルシテ通りで、カトリックの実業家家族にかくまわれていたのだが、ついに捕まってしまった。そのとき、待ち受ける運命を悟ったのだという。

アルフレッドはエリたち一団から離れた。そして犬やオオカミの吠える声が響く中、男たちが去っていく後ろ姿を見送った。すべての希望を失ったかのように見えるあの男たちにまた会えるのだろうか、と思いながら。

ポールとアニー、愛するふたりはどこにいるのだろう？　アルフレッドは不安だった。だが、ポールの強さはわかっている。ポールなら、アニーを慰める言葉を探し出せる。そして、虐待してくるドイツ兵たちの機嫌をとり、生きながらえているはずだ。そうだ、ポールは夫が誰かということも話しているはずだ。『私はアルフレッド・ナカッシュの妻です。ご存じですか？　水泳のチャンピオンでバタフライの王と言われているナカッシュです。そしてこの子は、アルフレッドの娘です。父親によく似ていると思いませんか？』ポールなら、そんなふうに話しているだろう。そして、ポール自身、体育教師であることもアピールできる。ここは凍るような寒さなのだから、将校たちの妻に体操を教えることができるのは、役に立つ資格だろう。それにポールは、少しドイツ語を話すことができる。ドイツ語を織り交ぜて話をしたら、うまく説得できるだろう。アルフレッドはそう思った。思おうとした。

　ふたりがどの建物にいるのか知りたかった。この収容所は、見渡す限り続いている。もしかしたらポールは、化学産業の企業グループであるＩＧファルベンインドゥストリーの工場に配属されたのかもしれない。有刺鉄線の向こう側にＩＧファルベンがあるとエリが言っていた。ゴム工場があり、健康な男女を働かせているのだという。ポールは若くて、きれいで、元気だ。ドイツ人たちもそれに気がつくはずだ。また、エリによると、作業に行くときと帰ってくるときには、ロマの楽団が励ますために演奏してくれるのだという。明日になったら、医療棟にいるというワイツ先生に、どうやったらポールとアニーの情報を得ることができるのか聞いてみよう。そうアルフレッドは思った。アウシュヴィッツでの最初の夜は、最初の眠れない夜になった。凍った大地のただ中で、時間が経っても目はぱっちりと開いたままだ。

疲れているのに眠れなかった。ここで僕は何をするのだろう？　地獄のようなこの場所で。父さん、神様は何と言っているの？

これは間違いだ。もちろんそうだ。このすべてはあってはならないこと、間違いなのだ。

一九三一年九月、位置について、用意……

アルフレッドは、日に日に力をつけていた。ストップウォッチがそれを証明している。第二の家族となった所属する水泳クラブ、コンスタンティーヌ青少年ウォータースポーツ〔JNコンスタンティーヌ〕のガブリエル・ムニュコーチは、『試合に出る時期がきた』と判断したようだ。

「アルジェで行われる北アフリカ選手権大会に出場するぞ。自由形だ」アルフレッドは、プールから上がろうとしたとき、突然コーチからそう言われた。コーチは、こちらを引き上げようと手を差し伸べてくれたまま、さらに続けた。「参加するためじゃないぞ、勝つために行くんだ」

「でも、僕はまだ十五歳です。僕よりもっと経験豊富な選手はたくさんいると思います」

「アルフレッド、『才能は年齢に関係あらず』っていう言葉を知っているか？　確かコルネイユが言っていたんだと思うが」

その判断は、まさに賭けだった。一九三一年九月五日の試合当日、競技が行われるアルジェのオリンピックプールの周りには、アルフレッドの親族一同が集まった。父親のダヴィッドまでやってきた。会いたい顔でいないのはポールくらいだ。ポールの輝く笑顔と緑色の大きな瞳が見えないのは寂しかったが、これから始まるレースには、将来への希望が詰まっていた。夏の間、アルフレッドは一日三時間以上泳いだ。夏休み前の練習不足を取り戻したかったからだ。練習できなかったのは、八月半ばのティシュア＝ベ・アーヴのときくらいだった。これは、エルサレム神殿崩壊の喪に服すユダヤ教徒にとっては大切な行事で、アルフレッドの義母ローズをはじめ地区のすべての母親たちは、『この日、海には鋭い歯を持つサメがうじょうじょいる』と固く信じている。そして海に入ることは危険だとされ、プールも禁止なのだ。

それ以外の時期も、アルフレッドにはほとんど空き時間はなかった。というのも、コンスタンティーヌに住む他の多くのユダヤ人の子どもと同じように、毎週木曜日と日曜日には、オマール高校の授業に加えて、ヘブライ文化を学ぶ学校にも通っていたからだ。ユダヤ教を学ぶその学校では、ヘブライ語や祈り、聖書とユダヤ教の歴史を暗記しなければならない。そして、ほんの少しの規則違反やだらしない態度であっても、体罰の対象となる。平手打ちをされたり、耳を引っ張られたり、もっとひどいときには手や足の裏を定規で叩かれたりもするのだ。

　そんな忙しい中、必死で練習して迎えたスタートの直前、プールの飛び込み台の上で、アルフレッドは足が震えているのを感じていた。プレッシャーを感じ、熱狂が重くのしかかる。恐怖が身体をかすめた。震えながら家族のほうに目をやると、大きな声援を送ってくれているのが見えた。

「アルフレッド、全力を出せ！」弟のプロスペが手すりにしがみついて、プールのほうに身体を乗り出している。

　アルフレッドは微笑んだが、完全にパニックに陥っていた。

　スタートのピストルが鳴った。

　アルフレッドは、できるだけ遠くへと飛び込んだ。百メートルのクロールだ、アルフレッド。たった百メートルだ……。だが頭の中はぐちゃぐちゃだった。泡立つ水は敵意あるものに変わり、方向感覚を失った。腕を必死に動かしたが、続けざまに水を飲んでしまった。はっきりとしない騒然とした叫び声が、耳の奥で響く。みんな何を言っているのだろう？　僕はどこにいるのだろう？　そうしている間、アルフレッドは流されてコースを外れ、やみくもに斜めに泳いでしまっていたらしい。気がつくと、スピーカーから判定がアナウンスされていた。「アルフレッド・ナカッシュ、失格！」アルフレッドは、プールの端にひとりで長い間とどまっていた。意気消沈とはこのことだ。ふと見上げると、弟は手で頭を抱えており、父親は目を覆っている。最初のレースは、最初の失敗となった。

とはいえ、コーチは「一緒にトップを目指して練習するぞ」と肩に手を置いて、励ましてくれた。「おまえには、最高の練習環境があったわけじゃないんだからな」

アルジェリア北部の地中海側には、西の隣国モロッコのウジュダから、アルジェリアのオラン、アルジェ、コンスタンティーヌを経て、東の隣国チュニジアのガルディマウに至る鉄道が通っている。試合を終えて帰る途中、この列車に乗りながら、アルフレッドは父親とひと言も言葉を交わさなかった。翌日、コンスタンティーヌの人たちは、一杯やる時間になると、お気に入りのアニス酒〈フェニックス〉を手にフランス通りのテラス席に集まり、カルチャラ地区の人たちはさぞかしがっかりしただろう、と噂した。地元のスポーツ新聞『レコー・スポルティフ・デュ・デパルトマン・ドゥ・コンスタンティーヌ』は、さらにはっきりとコメントした。「最も期待されていたレースは、若いナカッシュのヘマで散々なものとなった。コースを外れたのだ。なんてもったいないことだろう!」

＊＊＊

数カ月後、アルフレッドに二度目のチャンスがやってきた。クリスマスの翌日に行われる海でのレースだ。コンスタンティーヌから百キロほど離れたフィリップヴィルが舞台で、シディムシド・プールよりも水に動きのある海の中での四百メートル自由形だった。会場となるリド海岸は、樹齢数百年のマツやスギに覆われた丘の麓にあり、エキサイティングな場所だ。アルジェやコンスタンティーヌの上流階級の人たちが、この伝統ある〈コンスタンティーヌ・クリスマス・カップ〉のために大勢集まった。

この種の試合では、多くの水をかき分け波に乗ることができる、力で泳ぐタイプの選手が有利だ。きれいに泳ぐタイプの選手は向いていない。アルフレッドは、自ら言うことはなかったが、今回は泳ぐ前からわかっていた。これは自分が勝つためのレースだ。他の選手が慣れないコースでどう泳ごうかと探るように腕を動かしているのを見て、確信した。そして、前回の教訓も生かされた。この日アルフレッドは、絶対にコースを外れないように泳いだ。プールから遠く離れた海の中、ひとつのブイにも当たらず、着実に水をかいていく。そして優勝した。子どものころ夢見たとおりに、新聞の一面を飾ることになった。

前回のアルジェでの試合では、濡れそぼった雌鶏のように飛び込み台の上で震えていたにもかかわらず、今回成し遂げたこの快挙に、皆は大きな希望を感じた。ナカッシュ家一同はびっくりで、家に帰ると、弟たちは優勝トロフィーを頭の上に掲げて、ベッドの上で飛び跳ねた。まるで、去年ウルグアイのサッカーチーム・セレステが手にしたワールドカップのジュール・リメ杯〔優勝杯〕を持っているかのようだ。祖母はごちそうを用意した。マトンのクスクスと、アーモンド入りの焼き菓子を積み重ねて作ったピエス・モンテ〔工芸菓子〕だ。アルフレッドは、大好きな人たちに幸せを贈ることができたという純粋な喜びを、初めて感じた。

シェイクの音楽にのって

一九三二年の夏、アルフレッドはポールと一緒に週に一度、峡谷沿いを散歩した。サンダル履きでコンスタンティーヌの旧市街を駆け下りて、切り立った崖の上を通る道まで行く。そして、日が落ちる瞬間の、岩や滝や木々の緑が織りなす素晴らしい景観が色を変えていく様子を眺めながら、若いアラブの商人から買ったウチワサボテンを味わうのだ。ウチワサボテンは、ひんやりした葉が敷き詰められたバスケットに入って売られている。ふたりは出かけるたびに、そのバスケットから素手で、よく熟れて赤く色づいた実を選び取った。食べるときには、ナイフの先で切り込みを入れる。すると、トゲのある皮の中から果汁の滴る甘い果肉が現れる。その味は、周りの藪やサボテン、リュウゼツランの陰に隠れて交わすキスの甘さと混ざり合った。[7] ふたりの周りには、無数の赤い小さな花、アドニス〔フクジュソウ〕が咲いていて、そよ風に吹かれてくるくると動いた。イースターには、この花をグラスに生けてテーブルに飾る習慣があり、コンスタンティーヌのユダヤ人は、それを〈血の滴〉と呼んでいた。この豊かな自然、峡谷の岩肌の圧倒的な美しさを前に、ふたりはペタンと地面に座り、空から太陽が消えて夜と静けさの世界へと変わっていくのをただ見つめているのが好きだった。[8]というわけで、帰りが遅くなることもしょっちゅうだった。

　同じ年の夏、アルフレッドは、三歳年上のシェイク・レイモンドとよく会うようになった。レイモンドは、アラブとアンダルシアが融合した伝統音楽、マルーフ音楽の若きプリンスとして、そのメロディでコンスタンティーヌの人々を魅了していた。最近、「偉大なマスター」という意味の〈シェイク〉という栄えある称号を与えられたばかりだ。アルフレッドとレイモンドは、かなり前からの知り合いだった。ふたりとも、ティエール通りにあるヘブライ文化を学ぶ厳格な学校に通っていたからだ。そこで共に、大志を抱くこと、努力をすること、公明正大であること、しっかりとした聖書の知識を得ることを学んだ。

　ふたりに共通していることといえば、子どもからも年配者からも、キラキラとした感嘆の目で見られるということだろうか。レイモンドは音楽において、アルフレッドは水泳において。有名なゆえに当てこすりもあったし、ご機嫌とりをされることもあったのだが。レイモンドの本名はレイリスという。父親のジャコブ・レヴィからユダヤ教の信仰を受け継ぎ、南仏出身の母親セリーヌ・レイリスからは、フランス風の名前を受け継いだ。そしてアラビア語で歌っている。今や、皆から愛され、そして伝統音楽の継承者として尊敬されていた。何といっても、アンダルシアが隆盛を極めた数世紀前の時代から続く、大切な音楽の継承者なのだ。コンスタンティーヌでリュートと呼ばれている弦楽器ウードと、そして熱い歌声で、いつでもみんなを魅了できるレイモンドは、結婚式や成人式、その他家族の儀式などに引っ張りだこだった。

シェイク・レイモンドは、塗装工という仕事も持っていたのだが、今年は、情熱を捧げている音楽ですべての時間が埋まっていた。アルフレッドが水泳ばかりしているのと同じだ。だが、レイモンドの音楽を聴こうと思っても、楽曲を披露する場所は、その道の通が集うところに限定されていた。子どもは入れないし、女性ひとりでもちょっと行きづらい、フォンドゥクという独特な場所だ。コンスタンティーヌを紹介する本の中で、アルフレッドはフォンドゥクについて書かれた箇所を読んだことがある。そこには、『フォンドゥクとは、ホテルであり、芸術学校である。外国人のたまり場であり、迷い込む場所である。上流社会の人々のオアシスであり、情熱の集まる場所である。破滅の場所であり、救いの場所である』[9]と書かれていた。

さて、その夜、アルフレッドはシェイク・レイモンドと〈カフェ・ドゥ・パリ〉の席に座り、その神秘に満ちた場所を知りたいと思っていた。十七歳でも行けるだろうか？

「俺がすべてを教わったのは、〈ベナズズ・フォンドゥク〉だよ」レイモンドが言う。「俺は十三歳だったから、一番若い部類だった。そのころ、偉大な音楽家アブデルクリム・ベスタンジを聴いていたんだよ。絶対的なウードの王者だ。情熱的な人でね、気前よくお金を払ってくれる金持ちのサロンで二時間演奏するより、友達のために一晩中音楽を奏でるほうが好きという人だったな」

「その人は、君の将来を見越して、受け入れてくれたの？」

「たぶんね。君も同じだよ、アルフレッド。いつか、たまたま出会った誰かが君を信じる、そして君の人生はすっかり変わってしまうんだ」

「最初は、君のどこに惹かれたんだろう？」

「わからないな。演奏だったか、歌だったか。たぶんどっちもだと思う。〈ベナズズ〉では、低音でも高音でもリラックスして歌っているって言われたよ。マルーフ音楽では郷愁と内面の苦悩を表現するから、それは大切なポイントなんだ」

「ねえ、フォンドゥクに連れて行ってくれない？」

「それは、君が俺をプールに連れて行くほど簡単じゃないなあ」そう言ってレイモンドは笑った。

その翌週、アルフレッドは、話に出ていた〈ベナズズ〉ではなかったが、〈ベン＝アゼイム〉という名のフォンドゥクにいた。レイモンドが歓迎のまなざしを送ってくれる中、イチジクの木の陰にそっと座る。現実離れした雰囲気に魅了されていた。レイモンドの歌とリュートの音が、大麻煙草の煙の渦に消えていく。周りには、生活が苦しそうな人もいれば、都会の有力者らしき人もいて、二十歳のシェイク・レイモンドが美しく表現するところの「素晴らしき苦悩」を分かち合っていた。アルフレッドは、厭世観と人工的な楽園が覆い尽くすこの世界では、自分が少しばかり場違いであると感じたが、気にしないことにした。そして目を閉じ、ゆっくりと瞑想に入っていった。未知の感覚が浮かび上がってくるに任せる。なんだか水の中に似ているな、とアルフレッドは思った。泳ぐ人だけがわかる。水の中、水圧の下では、苦しみは恍惚感に近づくのだ。

一九四四年五月、幻影

アウシュヴィッツ第三収容所の中に、SSによってほぼ完璧なボクシングのリングが作られた。床から適度な高さがあり、きちんとロープも張られている。正方形のリングの周りには、見物するナチス将校のために、椅子が何列も並べられた。そしてそのリングの上に、元フライ級世界チャンピオン、ヴィクトール・ヤング・ペレスが立った。ヴィクトールはチュニジア出身のユダヤ人で、アルフレッドと同じくここに強制収容されている。そして今、ナチス将校のための見世物として、ボクシングの試合をやらされようとしていた。対戦相手はやはりここの収容者で、監視係に配属されている元アマチュアボクサーだ。ミドル級なので、ヴィクトールよりも大きく、パワーがあり、そして何よりもヴィクトールと違ってちゃんと食べている。この男はクルト・マガタンからトレーニングを受けていた。マガタンはドイツ人でかつてはまともなボクサーだったが、三人を殺して終身刑の判決を受けここに連れてこられた人物だった。リングから少し離れたところでは、アルフレッドをはじめ試合を見ることを許された幾人かの収容者たちが、立ったまま、あるいはうずくまって、この茶番に立ち会っていた。アルフレッドは、世界チャンピオンという点でヴィクトールと同じ立場だ。

ヴィクトールもまた、虐待者であるナチス将校を満足させるために試合をする以外に選択肢はない。試合開始直前、ヴィクトールがこちらを向き、こっそりと手でサインを送ってきた。直接話をしたことはなかったが、フランスのスポーツ界におけるスター同士、そして今は不条理な状況に陥っている者同士、気持ちが通じ合ったようにアルフレッドは感じた。試合が始まった。ヴィクトールは、持ち前のひらひらと舞うようなフットワークで動きだした。体格のいいドイツ人を相手に、バランスを崩させ、走らせ、疲れさせる。ヴィクトールには、そうする以外に方法はないのだろう。ナチスの将校たちは試合を喜んで見ている。アルフレッドは、ヴィクトールから目を離さなかった。ヴィクトールの動きには以前のような俊敏さはなく、硬くてぎこちなかったが、それでもときおりドイツ人の脇腹にフックをお見舞いして、相手に渋い顔をさせた。

試合は、どちらが優勢ということもなくだらだらと続いた。ヴィクトールがわざとそうしていると、アルフレッドは感じた。相手は、ヴィクトールのことをいつでも殺すことができる立場にある人物なのだ。そんな相手を傷つけることなど、できるわけがなかった。十二ラウンドを終えたところでレフリーが引き分けを宣言し、将校たちの拍手喝采の中、試合は終わった。勝者を決めることなど簡単にできただろうになぜ引き分けにしたのかと、アルフレッドは不思議に思った。ヴィクトールとしては、この試合で待遇がよくなること、チャンピオンという称号が盾となってくれることを期待しているだろう。リングから降りてくると、ヴィクトールがこちらに歩いてきた。幾度となくスポーツ紙の一面を飾ったスターだ。こんな状況ではあったが、アルフレッドは会えたことに感動した。そして、まるで昔から知っているかのようにしっかりと抱きしめると、同じように返してくれた。

「『マッチ』の表紙とまったく同じ笑顔だな」ヴィクトールが古くからの友人のように話しかけてくる。

「君とは、モンパルナスのバーで出会いたかったな」アルフレッドは答えた。「でもまあ仕方がない。ともかく、素晴らしかったよ。よくやったな。あらゆる意味で、いい距離をとっていたよ」

収容者たちが監視人に怒鳴られながらリングを解体し始めると、アルフレッドはヴィクトールと共に、少し離れたところに移動した。ひとりの将校がこちらを見て、何を話しているのかと窺うような様子を見せたが、何も言われなかった。おそらく、少し特別扱いをしてもいいと思ってくれたのだろう。収容所を取り囲んでいる塀に寄りかかりながら、アルフレッドはヴィクトールと、とりとめのない話をした。それこそ色々なことを楽しく。まるで、急いでたくさんのことを語り合わなければならないと思っているかのように。少しの時間も惜しむかのように。子どものころ住んでいた国――アルフレッドはアルジェリア、ヴィクトールはチュニジア――について、慎ましく働き者だった家族について、北アフリカに住むユダヤ人の生活を彩る伝統的な祭りについて、あらゆるものを超えて人々を結びつける文化について……。

面白いことに、この日はそれぞれのスポーツについての話はまったく出なかった。まるで、深いところではたいしたことではないと思っているかのようだった。アルフレッドは、シェイク・レイモンドとの出会いを思い出した。マルーフ音楽の若きプリンスが奏でるノスタルジーと人生への希望が詰まった旋律。アルフレッドはレイモンドの歌〈インスラフ・ジダン〉を口ずさみ、すぐに自分で噴き出した。

「ごめん、僕は本当に音痴なんだ！」

ヴィクトールも笑った。悲しそうな瞳に少しだけ明るい光が宿る。

「俺はね、子どものころ一番影響を受けたのは、父親が読み聞かせてくれた『モンテ・クリスト伯』だったよ」

「モンテ・クリスト伯？」

「そう、アレクサンドル・デュマの書いた物語だ」

「ああ、オマール高校のフランス語の先生が好きだった本だよ。でも、僕は読んだことないんだ。そんなに読書はしてなくて……」

「それは俺も同じだよ。でも、俺の父親は、安息日の夜になると、子どもたちに読んでくれたんだ。そのときには、鉄さび色のジェラバ〔フードのついた幅広の丈の長いローブ〕を着ていたな」

「どんな話なんだい？」

「どん底に落ちた男の話だよ。マルセイユ沖のイフ城に無実の罪で投獄されてしまうんだが、自由を掴んで幸せになる道を見つけていくんだ。主人公はエドモン・ダンテスで、のちにモンテ・クリスト伯と名乗ることになる」

「それって、僕たちの話？」悲しさを感じながら、アルフレッドは冗談めかして言った。

「どうして違うって言える？　空で覚えている文章があるんだ。『エドモン・ダンテスが絶望してすべてを諦めかけたとき、隣の牢獄から何かをかき削るような音が聞こえてきた。耳を澄ますと、小さな声が聞こえた。それがファリア神父だった』」

「救い主ってこと？」

「まあ、そうだ。この出会いが、すべてを変えるんだ。神父は言うんだ。『不安のあとには解放がやってくる』そして、陥れたやつらは、エドモンを完全に潰したと思っていたが、神はエドモンを哀れと思って、奇跡を起こすのさ[10]」

　もし本が真実を語っているというなら、そのとおりだけれど。アルフレッドは、遠くを見つめながらそう思った。視線の先には、自分たちを取り囲んでいる有刺鉄線がある。と、そのとき、将校がやってきてバラックに戻るように命令されたので、ヴィクトールに返事をする時間はなかった。

「またすぐに会えるように、うまくやろうな」アルフレッドはささやいた。「今度は、ボクシングのことも少し話してくれよ。それからもう一度、さっきのデモンストレーションにマブルーク〔おめでとう、素晴らしい〕と言わせてくれ！」

＊＊＊

奇跡というのは、だいたいが待たされるものだ。数週間後、キッチンに配属されていたヴィクトールは、力尽きかけている友達のために、野菜と肉がたっぷり入ったスープをくすねてひそかに持って行こうとした。だが、キッチンから出ようとしたまさにそのとき、警備員に見つかってしまい、襟元を掴まれ棍棒で激しく殴られた。その後、上層部によりヴィクトールは独房に入れられ、二週間、ネズミの群れの中で過ごすことになった。独房から出されると、ヴィクトールはキッチンでのポストを失い、かろうじてガス室行きの〈選別〉からは免れて、土木工事を担当する〈懲罰部隊〉へと配属された。

それ以降、ヴィクトールの健康状態と精神状態は、悪化し続けた。モンテ・クリスト伯は、遠ざかってしまった。少年時代、スーク〔アラブの市場〕を駆け回っていたヴィクトールの姿は、もう見る影もなかった。

一九三三年一月、飛躍

いつもの冬のように、コンスタンティーヌに雪が降った。今年の冬は寒さが厳しい。厳しいといえば、ここは夏の蒸し暑さも相当なもので、カルチャラ地区の集合住宅は、夏になれば砂漠から地中海に向かって吹く熱風シロッコにさらされることになる。だがそれは数カ月先のことだ。雪が降ったので、子どもたちは飽きもせずに雪合戦をしていて、建物のバルコニーに出ると、鉄製の手すりを通してその姿が見えた。このまま遊び続けていると、日が暮れるころには指が腫れて、しもやけになってしまうかもしれない。そうなったら、かゆみをとるために母親たちが生暖かいおしっこに浸してあげたとしても、効かないだろう。だが、雪合戦にはそれだけの価値がある。ここでは、太陽が顔を出したら、雪はすぐに解けてしまうのだから。

冬の間も、アルフレッドは、シディムシド・プールでトレーニングを続けていた。断崖の下にあるこのプールは滝から水を引いているのだが、水温が二十二度以下になることはなく、一年中泳ぐことができる。だがそんないつもの生活は、大きく変わろうとしていた。というのも、所属する水泳クラブ、JNコンスタンティーヌのガブリエル・ムニュコーチがこう言い出したからだ。

「アルフレッド、いよいよここを巣立つときが来たな。素晴らしい選手たちと競い合うべき時期だよ。君の将来はフランス本国にある」

パリに行けということだった。まったく知らない世界に飛び込む。両親からも、姉弟たちからも遠く離れて。ポールからも離れなくてはならない。あの素敵な笑顔を見られなくなるなんて……。ポールに話すと、そのうち追いかけていくから、と約束してくれた。アルフレッドと付き合うようになってから、ポールは前よりも頻繁に水泳をするようになっていた。チャンピオンを目指していたわけではなかったが、やはり将来は体育教師になりたいと思っていたので、水泳にも頑張って取り組んでいたのだ。ポールは、親戚を頼ってパリに行きたい、と両親にすぐに話した。そしてそれからは毎日のように説得しているらしい。アルフレッドの家族は、自慢の息子が巣立っていくことを納得したようだ。義母のローズは、パリ行きを決心したことを知ると、涙を流した。祖母のサラは、キッチンに閉じこもると、黙ってレモンとシナモンのケーキを作った。父親のダヴィッドは、満面の笑みを見せた。以前は息子の水泳にかける思いに懐疑的だったのだが、クリスマス・カップ以降は一番の支持者になってくれていたのだ。弟のプロスペとロジェは、ハグではなくちょっとしたおふざけで見送ってくれた。

アルフレッドは、生まれて初めて海を渡った。乗った船は、フランスとアルジェリアを結ぶ定期船〈ヴィル・ダルジェ〉で、二年前にフランスの港町サン＝ナゼールで造られたばかりのきれいな船だ。寒さに凍える手を握りしめ、後部デッキに立って、生まれ育った国、一度も離れたことのないふるさとが遠ざかっていくのをひとり眺めた。

パリに到着するやいなや、アルフレッドはホームシックになってしまった。故郷を懐かしむ気持ちは、光の都パリへやってきたという感動よりも大きかった。地中海のあの空はどこにいってしまったのだろう？　オレンジの花の香りは？　いつも見ていたあの吊り橋は？　ユダヤ人が言うところの〈小さなエルサレム〉はどこへいってしまったのか？　アラブ系の住民たちは、コンスタンティーヌを〈ブレッド・エル・ホウア〉と呼んでいる。父親によると、〈空中都市〉あるいは〈峡谷の街〉、または〈情熱の街〉という意味らしい。ぴったりだと思う。

アルフレッドは、このパリという平らで無機質な世界で、迷子になったような気分だった。ただひとつ親しみを感じたのはエッフェル塔だ。エッフェル塔を見ていると、目もくらむような高さのルーメル峡谷にかかる金属製の橋を思い出したからだ。だがこの地で、アルフレッドは人生の新たな舵を切るのだ。家族や愛する人から離れて暮らすことは大きな犠牲だが、輝かしい未来を思うと気持ちが奮い立った。

アルフレッドは奨学金を得ており、ジャンソン・ドゥ・サイイ高校に入学し、寮で暮らすことになった。パリ十六区のポンプ通りにある金持ちが設立した学校で、最初に訪れたときには建物前の庭に入るなり驚きで立ちつくしたほどだった。完璧に刈り込まれた真四角の植え込みが四つ合わさって正方形を形作り、その中心には青い水をたたえた池がある。進入禁止の札がなかったら、足を浸していただろう。だが、あまりにも幾何学的に整いすぎていると感じた。育ってきたところが、だいぶごちゃごちゃとした世界だったせいだろう。路地や行き止まり、木陰になった広場、整っていない不格好な家などの中で暮らしていたのだから。

去年、オマール高校でフランス語を教えてくれていたヴィヴィアンヌ・セリエ先生が、授業中話してくれたアレクサンドル・デュマの言葉を思い出した。デュマは名作『三銃士』の作者だが、コンスタンティーヌのユダヤ人居住地区カルチャラについて描写しており、それがあまりにもしっくりきたので、アルフレッドはその部分をノートに書き留めたほどだった。デュマ曰く、『網のようにもつれ合った路地。そこには、無秩序に建物が建てられ、迷宮となって広がっている。通りにつながっているかのように見える路地の奥は袋小路だったり、出口のない入り口があったり、正面と側面の区別がつかないような家があったりする』実際、わくわくするようなわかりにくさがあるので、見えない線で区切られた街の反対側に住むヨーロッパ人たちは、カルチャラに入ってこようとはしなかった。

アルフレッドは、ジャンソン・ドゥ・サイイ高校の三年に編入し、大学入学資格証明となるバカロレアの二次試験に備えることになった。編入初日、気をつけの姿勢をとるクラスメートたちの前で、アルフレッドはルグラン校長先生から紹介された。「アルジェリアからやってきた競泳界の期待の星」という言い方で、結局のところ「ちょっと変わった外国人」というような紹介の仕方だったが、それもやむを得ないのだろう。黒くて濃い髪、太い眉、濃い肌の色。そして上半身は、少しでも動いたらシャツが破けてしまいそうなくらい筋肉がついていたのだから。

「ナカッシュ君がここパリでの新しい生活に早く慣れることができるよう、君たちも手伝ってやってほしい」そう校長は言い、続けてこう質問した。

「誰かアルジェリアについて説明できる者はいるかね?」

「フランスの海外県です!」ある生徒が声を上げた。

「いつから?」

「一八七〇年です!」

「もう一度、教科書を読み直したほうがいいね。我が国のアルジェリアへの素晴らしい冒険は、一八三〇年に始まった。ちょうど一世紀前のことだ」

この歴史については、アルフレッドはかなり詳しく知っていた。コンスタンティーヌでは、アルジェリア侵略に関わったフランスの英雄たちの像に出くわさずに町を歩くことはできない。まあ、英雄というものは、こんなふうにして世に知らしめるものではあるけれども。いったいいくつの通りや広場に、アルジェリアを侵略するためにやってきたフランス軍人の名前がつけられているのだろう。フランス王ルイ・フィリップの息子であるヌムール公、攻撃を仕掛けたラモリシエール大佐、カラマン家の将軍たち、シャルル＝マリー・デニス・ダムレモン伯爵、町にある像はすべて、侵略の英雄たちだ。銅像となった英雄たちは、この先もずっと高慢で横柄な姿を誇示し続ける。その中でも、サーベルを抜いたラモリシエール大佐の像は本当に大きく、足もとにはラッパを吹く兵士まで従えている。だが、アルフレッドは知っている。現実はそんな輝かしいものではなかった。歴史を教えてくれたシェルキ先生が、授業でコンスタンティーヌの高台に行ったときに、小声で説明してくれた。

「一八三七年十月、町は占領された。それはとても残忍なものだったの。大虐殺、血の海よ」

「どんなふうだったんですか？」

「絶対に忘れてはダメよ。フランス軍が来たせいで、先住民たちは、城壁に急ごしらえで括り付けたロープでルーメル峡谷の断崖を下りなければならなかったの。その状況は地獄と化してしまった。次々とロープが切れてたくさんの人たちが落ち、岩場は全身の骨を砕かれた死体でいっぱいになったのよ」

もちろん、アルフレッドは忘れていない。コンスタンティーヌは様々な出自や宗教を持つ人たちからなる町だが、ここで起こった悲劇に心を寄せるとき、コミュニティの壁など存在しない。イスラム教徒であっても、ユダヤ人であっても、カトリック信者であっても、まず自分はコンスタンティーヌ人だと感じるのだ。

　パリの高校では、アルフレッドはできるだけ感じのいい態度をとろうと努力した。楽天的で、いつも笑顔で、テキパキとしていて、コンスタンティーヌにいる弟たちのようにユーモアのある言動をとるようにした。すると、すぐにひとりの男子生徒が好意を示してくれた。小柄で丸眼鏡をかけている、頭のよさそうな雰囲気の生徒だ。名前はエミールといい、近所に住んでいて、父親も祖父もパン屋をしているそうだ。エミールによると、祖父がパン職人として働き始めたのは、ル・アーヴル〈セーヌ河口にある港湾都市〉にある当時一番の豪華ホテル〈ロテル・フラスカティ〉だった。

「そこはね」エミールが通りを歩きながら話す。「海水浴が流行した最初の場所なんだ。ル・アーヴルの広いビーチやエトルタの断崖の麓の水辺に、女性たちが大型馬車に乗ってやってきたんだよ。女性たちが着くと、屈強な男たちが女性を腕に抱えて海に連れて行ったんだ。僕のおじいさんは、波のプールって呼んでたよ」

　エミールは自分の知識をひけらかそうとしているわけではなく、ただ知っていることを共有したいと思っているようだった。性格がよくて、わがままなところがなく、アルフレッドは好意を持った。エミールは、自分がまったくの運動音痴で、体操や水泳については「ヒキガエルみたい」だと告白したが、スポーツ観戦は大好きだと話した。父親が毎週スポーツの写真週刊誌『ル・ミロワール・デ・スポール』を買ってくれていて、いつも気に入った記事を切り抜き、種目ごとに分類しているそうだ。

「僕が一番好きなのは、サッカーとボクシングなんだ」エミールの声に力が入る。「ときどき、お父さんがサッカーのサークル・アスレチック・パリの試合を見るためにコロンブ〈パリ北西部近郊にある街〉に連れて行ってくれたり、ボクシングのマルセル・シルを見るためにサル・ワグラムに連れて行ってくれたりするよ。マルセル・シルは、僕の憧れの人さ。〈鉄の拳を持つ男〉だよ」

「僕は、リングの上にいるヘンリー・アームストロングを見てみたいなあ。アメリカ人が好きなんだ。ねえ、水泳には詳しくないのかい？」

「あまりよく知らないんだ。もちろん、ジャン・タリスは知っているよ。百メートル自由形で一分を切った初めてのフランス人選手だからね」

「ああ、一番偉大な選手だよ。二年間で八個の世界記録を作ったんだ。ジャン・タリスは、オリンピックで金メダルを取ってくれるさ」

「タリスはもう終わりじゃないの？」

「去年のロサンゼルスオリンピックでは、すごく惜しかったんだよ。バスター・クラブ[11]っていう選手を知っているかい？　ハンサムで有名な女性たちのアイドル的存在なんだけど。そのバスター相手に、四百メートル自由形では、〇・一秒遅れの銀メダルだったんだからね」

「君もオリンピックを目指しているの？」

「まだ考えるのは早すぎるかな。いつかは出たいけど」

「僕はオリンピックに出るほうに賭けるな」エミールが力を込めて言う。「君は、僕が握手をした唯一のオリンピック金メダリストになる！」

エミールの瞳には好意以上のものがあった。賛美だ。それは、もちろん嬉しいことだった。エミールなら、どんな状況であっても友達になってくれるだろうと思う。本当の友人に。だが、ジャンソン・ドゥ・サイイ高校の他の生徒たちが皆、すれ違うときエミールのように目を輝かしてくれるわけではなかった。むしろ嫌なものを見る目で見られた。なぜなら、ユダヤ人だからだ。みんなユダヤ人のことをそれほど好きなわけじゃない。アルフレッドにはわかっていた。何度も何度も、嫌みや当てこすりを言われたり、侮辱されたりした。そういう態度をとる生徒は多数派ではなかったが、受ける打撃は大きかった。こういう生徒は、アルフレッドの癖である外股歩きを面白おかしくまねしたり、アルフレッド・ナカッシュという名前をもじって「アルフレッド・カシュカシュ……（「カシュカシュ」は「かくれんぼ」の意味）誰がアルフレッドとかくれんぼなんかしたがるんだい？」と言って馬鹿にし、大笑いしながら、学校からの帰り道にあとをついてきたりした。

だが、一番多いのが、ただ単に「ユダヤ人、ユダヤ人」とささやかれることだ。生徒たちでいっぱいの廊下を歩くとき、誰が発したかもわからないまま聞こえてくるその声は、まるでヘビが発する音のようだった。はっきり言われるより陰険で、暴力的だ。父親が以前語っていたように、ヨーロッパではユダヤ人に対する嫌悪感がどんどん大きくなってきていた。『いいかね、アルフレッド、いつも顔を上げて微笑みを絶やさないようにしなさい』それが父親からもらった唯一の忠告だ。だから、アルフレッドは胸が締め付けられるような痛みを隠して、笑顔で無関心なふりをしたり、あるいは面白おかしく驚いたふりをする。気がつくとやってしまうのが、子どものように舌を出す仕草だった。弟たちにいらいらしたときみたいに舌を出し、目を大きく見開くのだ。馬鹿なやつらの前では、おどけてみせたほうがいい。

ときどきエミールが、『ミロワール・デ・スポール』誌を手に、パリ・ウォータースポーツクラブのプールでやっている練習についてきた。エミールは、水泳選手の踊るような動きが好きらしい。それに、ここに来れば、クロールの第一人者であるジャン・タリスの泳ぎを愛でることができる。タリスは、今やアルフレッドにとっては理想の選手以上の存在で、第二の父親という気さえしているくらいだった。練習中、見学に来ているエミールのそばを通ると、エミールの頭は自動車のワイパーのように左右に動いていた。そしてプールで泳ぐ選手を見るのと、手元に置かれた雑誌のサッカー記事に目を落とすのとを繰り返しているようだ。アルフレッドは、そんなエミールをうらやましく思った。エミールが、まるで信心深いクリスチャンが聖書を読むように静かに『ミロワール・デ・スポール』誌を読んでサッカーの知識を吸収している間、こちらは数時間にもわたってプールの中で満足に呼吸もできないでいるのだから。

スイミングクラブの中においても、皆が友人というわけではない、ということは感じていた。とくに、平泳ぎの第一人者ジャック・カルトネについてはそうだった。水泳チームのメンバーからは「カルトン」と呼ばれているこの選手は、アルフレッドと同じくらいのキャリアと実力があり、筋骨隆々の身体をしている。カルトネの泳ぎはしなやかかつ優雅で、水をかいていないんじゃないかと言われるくらいだった。カルトネは、水から上がったときもほとんど息を切らしていることはなく、のんきな様子でローブを羽織って、手鏡で髪を整えている。そして、ちょっと気取ったアクセントで、他の人たちを田舎者扱いしておしゃべりを始めるのだ。カルトネはパリの資本家階級出身だ。多くの記事で取り上げられているので知っている。そして、常に自分は金持ちなのだと誇示していた。こちらに対しても、それを決して忘れるなというつもりなのか、皆の前でジロジロと眺めてきた。

「ねえ、君はいったいどこから来たの？　北アフリカの僻地でも水泳が習えるなんて、知らなかったよ」

馬鹿でかわいそうなやつだ。アルフレッドはそう思ったが、いつものように舌を出すことはしなかった。そうしたくてたまらなかったのだが、その気持ちをぐっとこらえて、父親の忠告通りにこの上ない笑顔を送ってやった。だが、ひと目見てわかった。いつかこの男は厄介事をもたらすだろうと。

＊＊＊

水泳のトレーニングと並行して、アルフレッドは、体育教師の資格を取るための勉強を始めた。少しの理論とたくさんの実技がある。晴れて教員免許が取れれば、将来も生活していける見通しが立つ。今まで試合で好成績を出してきたが、メダルをもらっただけで、まったくなんの収入にもなっていないのだ。一方、カルトネからのしつこい嫌がらせは、少しずつ精神を蝕んでいった。いったい何度胃の痛みで苦しんだことだろう。最近では歩きながら、フランス水泳連盟の会長に、競技をやめることについてどう話そうかとしょっちゅう考えていた。『申し訳ありません。考えが甘かったです。プレッシャーは想像以上に辛いものでした……』だが二日も泳がないでいると、あの滑るような感覚を味わいたくてうずうずしてくる。もう生理現象といってもいいくらいで、まるで干上がってしなびた植物のように水を求めてしまう。そして、生きる力、成長する力、自分の個性を取り戻したいと思ってしまうのだ。スピードが快感だった。クロール、そして少し前から始めたバタフライ。バタフライは、力があってたくましい選手だけができる、水の破壊者の泳法だ。アルフレッドは、このバタフライにはまってしまう予感がした。自分にはライバルであるカルトネほどの優雅さはない。そうアルフレッドは自覚していた。カルトネは美しいフォームを追求するプールの芸術家と言えるような選手だったが、自分はただ水をかいているだけだ。だが、泳げば泳ぐほど速くなった。貪欲に水に食らいつき、波を叩き、ライバルたちをひとりずつ抜き去り、ゴールであるプールの端の壁にぶち当たるまで泳ぐ。

カルトネ、いったい誰にわかるっていうんだ？ いつかコンスタンティーヌの田舎っぺが、アルジェリアから来た取るに足らないユダヤ人が、おまえの横柄で気取った態度ごと抜き去ってやるかもしれないぞ。

一九三四年春、ポール

これは人生で一番素晴らしい日なんじゃないだろうか？ アルフレッドは思った。パリ行きを決心したポールが、両親を説得し、パリに住む大叔父ミカエルの家で暮らすことが決まったのだ。ミカエル大叔父さんは、シテ島にあるパリ市立病院で整形外科医として働いている。妻のモード大叔母さんと共に、バスティーユ近くのフォブール＝サン＝タントワーヌ通りにある広くてきれいなアパルトマンに住んでいた。地中海の反対側にいる祖国の人たちからは誇りとされるような成功者だ。ポールは大叔父さんから、十分な広さの部屋を貸してもらえるとのことだった。アルフレッドと同じく自分もパリで学校に通い、体育の先生になりたいと思っている……。ポールから送られてきたポストカードには、そう書いてあった。きれいなカードで、一番手前にはロバ、そして奥には深い峡谷とシディムシド・プールが写っている。

『大好きなアルフレッド。いよいよ現実となったわ。一緒にいられるように、ここを出発するわね。パパとママは、わたしたちを信頼してくれているわ。そして、あなたのことを褒めちぎっているわよ。わたしもあなたのことを褒めているけど、それといい勝負ね。これからずっと、あなたのそばにいたい。一緒に笑って、そして支えていきたいの。あなたの奥さんになりたいわ』

数カ月後、体育教育師範学校の前で、アルフレッドはようやくポールと再会し、抱き合った。まだ若く、大人と言える年齢ではなかったが、一緒に過ごす未来をしっかりと思い描き、ふたりの運命を確信していた。授業のあと、ふたりは一緒にトロカデロ庭園やモンソー公園を散歩するのが習慣になった。アルフレッドはポールに色々なことを話した。水泳のこと、自分にかけられている期待のこと、次の競技会のこと、滑るようにスピードに乗って泳ぐときの何とも言えない喜びのこと……。そしてまた、以前より頻繁に感じるようになった迷いについても話した。すべてを放り出してしまいたいと思うほどに心がさいなまれることもあったのだ。

ふたりは、コンスタンティーヌが懐かしかった。そして気がかりだった。そんな中、一九三四年八月五日にふたりの家族を震え上がらせる大きな事件がコンスタンティーヌで起こる。ユダヤ人居住地区が暴徒化したイスラム教徒に包囲されたのだ。ユダヤ人コミュニティでは、女性六人、子ども四人を含む二十五人の死者が出て、二百以上の店舗が略奪の被害にあった。アブダラ・ベイ通りとズアーヴ通りでは、二家族が自宅であるアパルトマンの中で、ナイフにより惨殺された。暴動は、アイン・ベイダ、セティフ、その他東側の村々にまで広がったそうだ。この事件を、アルフレッドは義母ローズからの取り乱した手紙で知った。どうやら、ある酔っぱらったユダヤ人男性が祈っているイスラム教徒を侮辱したことがきっかけだったらしい。

『カルチャラ地区では、大聖堂の鐘の音と同じくらい、白いミナレット〔モスクの尖塔〕からのアザーン〔祈りの時を告げる声〕が聞こえるのよ。わたしたちの歴史はどうなってしまうのかしら？　まさにカルチャラという名前のとおりね。深淵の端という意味なんですもの……』

　事件の起こった八月五日は、コンスタンティーヌに住むユダヤ人にとって、まさに社会の分断を心に刻む日となった。アルジェリアの地で起こったこの最初のユダヤ人大虐殺事件によって、ユダヤ人たちは自分たちの世界の一部が崩れ去ってしまったと感じた。想像を絶するほどの集団での暴力。しかもそれは、いつまた起こるかもわからないのだ。数週間前から、アルフレッドは、ユダヤ教徒とイスラム教徒の間に新たな緊張が生まれている、という噂を聞いていた。原因となったのは一九二九年の世界大恐慌だ。これにより、アラブ系の農民や小売業者は生活がかなり苦しくなった。それなのに、さほど打撃を受けていないように見える卸売業者たちもいて、そういううまいこと窮地を脱した者たちに対する恨みがだんだんと膨らんでいったのだ。そのうまく切り抜けた人たちの大半は、ユダヤ人だった。さらに、フランスの役人たちはイスラム教徒から狩猟免許証を取り上げることにしたのだが、ユダヤ人に対しては、銃の所持を許したままだった。

このことは、ある人たち——例えば、イスラム教徒でカリスマ的魅力を持つ政治家のモハメド・サレ・ベンジェルール博士〔アルジェリアの医師、アルジェリアの民族主義を掲げる政治家〕のような人——にとっては、ズィンミー制度[12]が崩壊するのを目の当たりにしたと感じる出来事だった。ズィンミーはユダヤ人を被支配者とするもので、この制度により治安は数世紀にわたって安定していた。だがこれからは、ユダヤ教徒のほうがイスラム教徒よりも地位が上になり、その立場を利用してユダヤ人たちはイスラム教徒を侮辱してくる、という脅威を感じたのだ。さらに、極端な反ユダヤ主義者であるアンリ・ロティエが出てきたことで、イスラム教徒がユダヤ人を敵視するようになり、その雰囲気が〈ユダヤ人の街コンスタンティーヌ〉に垂れ込めていた。それが集約され、最初の小競り合いで噴出したのだ。ローズをはじめコンスタンティーヌの大部分の人たち[13]がアンダルシアの時代から大切にしてきたイスラム教徒との調和のとれた社会が吹き飛ばされてしまった。

アルフレッドは公園の入り口にあるベンチに座り、目の前にある丸屋根の建物を眺めながら、悲しみと落胆が交じり合った感情をただただ感じていた。激しい苦しみが、再び胃を締め付ける。アルジェリアを離れてから初めて、涙が頬を伝った。アルフレッドは泣くのが嫌いだった。他の人がいればなおさらだ。なのに、もはやただ泣くというレベルではなく、涙が堰を切ったようにあふれ出し抑えることができない。子どものようにしゃくりあげていた。周りでは、無関心なハトの群れがクウクウと鳴いている。この途切れることのない涙は、いったいどこから湧き出てくるのだろう？　自分が情けない。以前、従兄弟に「濡れそぼった雌鶏」と馬鹿にされたものだが、まさにそのとおりだと思った。と、そのとき、ポールが近づいてきた。そしてハンカチを取り出すと、そっと涙を拭いてくれた。ふるさとを離れて抱くこの気持ちを、ポールは誰よりもわかってくれる人だ。長い間ふるさとを離れる人の中には、生き延びるために自分の国から逃げ出す人もいるし、アルフレッドのように大きな夢を追いかけるために国を飛び出す人もいるが、そういう羅針盤も持たずに異国にいる人たちだけが、この不安定で孤独な状態を理解できるのだ。沈黙が焼けつくようだった。

　耳元でポールが優しくささやいた。

「アルフレッド、周りにいる男の子、女の子たちのことを考えてみて。いったいどれくらいの子たちが、自分の得意分野で自己実現することを夢見ていると思う？　みんなよ！　みんな、夜ベッドの中で、自分に十分な才能がないことを嘆いているの。もし才能があったとしても、とことん突き詰めていくだけのエネルギーとか、強い精神力とか、粘り強さがなかったりする。アルフレッド、あなたは大きなチャンスを持っているのよ。プールサイドで声援を送る人たちは、あなたを通して夢を実現したいと思っているの。一番それを願っているのが、わたしなんだけどね」

「ポール、優しいね」

「本当にそう思っているのよ。ねえ、タラントのたとえ話を知っている？　神様から与えられた才能や贈り物は、神様のために活かしていきなさい、という聖書の話よ」

「聞いたことないよ」

「それじゃあ明日、書いてあるものを持ってくるわね。キリスト教のたとえ話で、友達が教えてくれたの。神様の子どもであるわたしたちは、それぞれに与えられた才能を活かしていかなくてはならない、という意味よ。自分自身のために、そして他の人のためにもね」

そう言ってから、ポールは弾けるように笑って続けた。

「でもね、わたしのただひとつの才能は、あなたに出会ったことなんだけどね！」

水の王

日曜日の今日、アルフレッドはポールと一緒に、リュクサンブール公園の木陰になった小道を散歩した。途中に温室があり、中にたくさんの果樹が植えられているのが見えて、思わず立ち止まる。コンスタンティーヌのオレンジの木が思い出された。それから池へ向かい、地元の子どもたちが小さな船を浮かべて、一生懸命に棒でつついて水面を進ませながら遊んでいるのを見て楽しんだ。その後、そこからほど近いところにある映画館〈ウルスリーヌ・スタジオ〉へ行った。目当ての映画は、美しいラブストーリーではなく、少し前にフランスで封切られたマルクス兄弟主演のコメディ映画『吾輩はカモである』でもなく、アルフレッドのアイドルであり水泳仲間でもあるジャン・タリスを撮った短いドキュメンタリー映画だった。メガホンを取ったのは、今パリで評判の若手監督ジャン・ヴィゴ[14]だ。ヴィゴはジャン・タリスに興味を持ち、「水の王」と呼んでいた。この映画は、ほとんどがフランス自動車クラブプールで撮影されており、パリの水泳愛好家たちの間で話題沸騰の作品だ。映画界では初めてのことで、アルフレッドとポールも肩を寄せ合いながら、九分間の素晴らしい、そしてユーモアたっぷりの映像を見た。

ヴィゴによって書かれた脚本は、パロディにするのか、ジャン・タリスを褒めたたえるのか、それともジャンによる水泳のレッスンにするのか、決めきれず迷っているかのようだった。スクリーンでは、審判は奇妙な格好をして大きなメガホンを持った姿でわざと滑稽に描かれており、アルフレッドは思わず笑ってしまった。「もしもし、もしもし！」審判が叫ぶ。「まず最初にお伝えしたいのは、ジャンは、百メートルから千五百メートルまでのすべての種目において二十三個のフランス記録を持っていて、八百メートルでは世界記録を持っているということです。では、位置について、用意……」そしてピストルが鳴る。ジャンは、きらめく水面に飛び込み、百メートルを泳いだ。そこでヴィゴはいたずらをするようにフィルムを巻き戻す。ジャンはプールをバックし水から出ると、また飛び込み台の上に立った。そしてカメラの前で、初心者の観客に向かって水泳のレッスンが始まった。

ジャン・タリスは、水泳選手の代表として、堂々と、でも楽しくその役割を果たした。「水は魚の領域だ。おそらく、泳ぐために知っておくべきものはあるのだろうが、まずは水に入ること。部屋の中で泳ぎを覚えることはできないのだから。では、クロールをしてみよう。クロールは〈這う〉という意味で、しなやかで基本的な泳ぎだ。速く泳げる泳ぎ方だ」

アルフレッドは、憧れの人であるジャンの言葉を楽しんだ。謙虚で、的確で、鋭く、そしてときに笑いをとっていた。タリスは取材を受けると、いつも繰り返しこう言っていた。『まず脚で力強く飛び出し、腕は力を抜いて、水に入る瞬間には身体をほぼまっすぐにしていること……』アルフレッドは文字通り、その言葉に従っていた。

〈ウルスリーヌ・スタジオ〉の薄暗がりの中、『終わり』の文字がスクリーンに映し出されたときも、アルフレッドの腕にはポールがしがみついたままだった。ポールも立ち上がりたくなかったようで、こう言ってきた。

「ねえ、もう一回見ない？」

＊＊＊

トレーニングに行くたびに、アルフレッドは、ジャン・タリスの言葉を実践し続け、ついにタリスに食らいついていけるまでになった。一九三四年九月にパリのトゥレル・プールで行われたフランス選手権大会では、アルフレッドはクロールで一分二秒四のタイムを出し、タリスに次いで二位となった。フランスのナショナルチームに選抜される基準を満たす好記録で、マスコミは大きな見出しで報じた。「猛獣使いのジャン・タリスは、ライオンのナカッシュに危うく食われるところだった。だが、すんでのところで猛獣のかぎ爪をかわし、ついには飼いならした」『ロト』誌はそう記事にした。翌年の一九三五年七月二十一日に行われたボルドーでの大会で、アルフレッドはついにタリスを破って優勝したのだが、そのときには嬉しいというより恥ずかしいと感じるくらいだった。それ以降、アルフレッドの写真は、若いチャンピオンとして新聞記事の中にたくさん見られるようになった。論調は、賛美が半分、驚きが半分といった状態だ。いかにも外国人という顔が興味を引くのか？　それとも、レースのあとに舌を出す癖――これは何人かの記者が言うように、挑発しているのではなくおちゃらけているだけなのだが――のせいなのか？　あるいは、優雅さのかけらもない粗野な、でも恐ろしく速い泳ぎ方のせいなのか？　おそらく、そのどれもが当てはまるのだろう。

新聞は、『クロールの天才的な劣等生』と表現した。『不屈の根性を持つチャンピオン』と書いたのは、かつての競泳選手で、一九二四年パリオリンピックのフランス・ナショナルチームを組織したエミール・ジョルジュ・ドリニーだ。『レ・ミロワール・デ・スポール』誌の中で、ドリニーはこう分析した。『ナカッシュは、完璧なフォームで泳ぐ選手ではない。最良の形に調整されたマシーンのように泳ぐわけではないのだ。ナカッシュの泳ぎは完璧さからは程遠い。というのは、その泳ぎの本質的な価値は、闘争心にあるからだ』そして、それを理解できないであろう人たちに対して、こう付け加えた。『理論に重点を置いたトレーニングや、一貫性のあるトレーニングをこなすことではなく、ナカッシュは自分の精神力の強さを武器にしている。一見すると、悟ったような、ときにはのんきな様子であるが、その内にはあらゆる意味で注目すべき闘志が隠れている』

ポールは、アルフレッドについて書かれた記事を、すべて切り抜いて保存していた。その多くが称賛を送るもので、批判的なものは少なかった。「するだけのことはして、人の評判は気にしない」というのがアルフレッドの信条であり、そして盾でもあった。少しずつ、アルフレッドは成功の階段を上っていき、有名になっていった。トロフィーとメダルもどんどん増えていく。ジョルジュ・エルマンコーチからも、フォームを直すように言われることはなかった。アルフレッドの切り札はパワーである、とわかってくれているからだろう。ひとたびレースが始まれば、力が満ちてくるのだ。

そのころ登場した新しい泳法バタフライは、水に強い推進力を伝える泳ぎ方だった。肩をできるだけ高く上げ、腕を最大限開く。そして、その腕を下ろしながら身体を波打たせるように動かし、水のかたまりを後ろへと送っていく。水の中で、連続して飛び跳ねていくようなものだ。体力がある選手にしかこうした動きをすることはできない。ほとんどの人は、文字通り最後には息が切れてしまう。

「バタフライは、世界で一番注目され、人気のある泳法になるよ」そうコーチから繰り返し聞かされた。「君のための泳ぎだ」

一九三五年四月、テルアビブの企て

一九三五年四月、パレスチナのテルアビブに、多くのユダヤ人アスリートが集まった。夏のオリンピック種目になっているほとんどの競技が行われるユダヤ人のスポーツイベント、マカビア競技大会が開催されるのだ。一九三二年に初めて行われたこの大会は、今回で二回目だった。次のオリンピックは、来年の一九三六年八月にベルリンで行われる。オリンピック開催地が決定したのは一九三一年で、ヒトラーが政権を取る二年前のことだ。ベルリンオリンピックは、アルフレッドにとってはまだはるか彼方にあり漠然としたものだったが、シオニズム運動〔ユダヤ人がイスラエルの地に故郷を再建することを目指して起こした運動〕を盛り上げるためにパレスチナで開催されるこのスポーツイベント、マカビア競技大会については、大切なものだと感じていた。この大会は、記録を出すことよりも、世界中のユダヤ人アスリートたちが一堂に会することに意味があると考えられており、二十八カ国から千三百五十人の選手が参加した。イギリス委任統治領パレスチナ高等弁務官のアーサー・グレンフェル・ワウチョープは、アラブとイギリス委任統治領のアスリートも参加できることを条件に、この大会の開催を許可した。

アルフレッドにとってこの大会は、小手調べであり、コンスタンティーヌに似た香りと太陽を感じられる絶好の機会であり、またオリエントの地に将来ユダヤ人の領地を持つという夢に賛同を表すものであった。そしてもちろん、実力を証明する機会でもある。アルフレッドは、パリでマカビア競技大会に参加するメンバーたちとよく話をしていた。メンバーは中産階級に属するユダヤ人アスリートたちで、そこで話題になったのが、今や反ユダヤ主義者の言う「取るに足らない、貧弱で、おびえたユダヤ人」という決まり文句は消えてなくなるときだ、ということだった。「体育と、そして肉体労働のおかげだね。知育だけじゃダメさ」というのが共通認識だった。

アルフレッドは、コンスタンティーヌでかつて使われていた不思議な言い回しを思い出した。叔父のひとりが身体を鍛えるよう促すときに言っていた〈筋肉的ユダヤ教徒〉という言葉だ。聞いたときには、ほとんど意味がわからなかったのだが、その後ハンガリー出身のシオニズム指導者マックス・ノルダウの本を読み、マックスがプロテスタントの〈筋肉的キリスト教徒〉という言葉を手本にして作ったものだと知った。〈筋肉的ユダヤ教徒〉の意味はこうだ。「我々は再び、上半身が筋肉で膨らんだ、アスリートのような身体にならなければならない。物怖じしない視線も必要だ。そして、我々の祖先を彷彿とさせるような、機敏で、しなやかで、たくましい若者を育てていかなくてはならない。例えば紀元前百四十年くらいからユダヤの独立を維持したハスモン朝、紀元前二世紀にエルサレムにいた祭司一族のマカベア家、紀元一三二年から始まった第二次ユダヤ戦争を指揮したバル・コクバなどのように。若者たちは、あらゆる国から来る勇敢な選手たちと同等の試合ができるレベルにいなければならない」

少なくともアルフレッドは、鍛えられた身体でその教訓を体現していた。テルアビブのプールで世界中から来た観衆の声援を受けて、この日アルフレッドは自由形で銀メダルを獲得した。明るい未来を予感させるレースのご褒美のような、きれいなメダルだった。

アウシュヴィッツ、屋根裏部屋の中で

医療棟に来る人たちの身体は痩せ細り、もはや人間の姿ではなかった。目は大きく落ちくぼみ、視線は動かず、何の表情も宿していない。その目が語っているのは、悲劇ではなく虚無だった。

アルフレッドは医療棟に配属された。そこで治療にあたっていたのがロベール・ワイツ先生で、驚くほど献身的で親切な人物だった。診療所は十四区画から二十区画までを占めており、その中の十八区画に主な設備や物資が集められている。アルフレッドは、医療棟で助手

のひとりとして働けることが嬉しかった。先生と一緒になって傷をふさぎ、膿を出す。皮膚病が原因でひどいかゆみに襲われている人が来れば、炎症を抑える薬を塗る。だが、先生と一緒にやったのはそれだけではなかった。パンやサトウダイコンのマーマレードを盗んで、バラックに横流しする闇ルートを作ったのだ。盗んだ食料はひそかにバラックへと運んだ。ときには、届けるのが言葉だけになることもあったが、冗談などで収容者たちの傷ついた心を慰めようとした。

出会ってすぐに、アルフレッドはワイツ先生から、ファーストネームで呼ぶように言われた。四十四歳になる先生は、広い額と後頭部にぴったりと押し付けられた髪、そして大きな白衣が印象的だった。先生からは、今までの出来事について本当にたくさん質問され、水恐怖症だったことや、それを克服したことについてなど話した。先生のほうも少しずつ、部屋に誰もいないときなどに、自分自身のことを話してくれるようになった。それまでやってきた非合法活動についての話だ。

「フランスがナチスに降伏すると、ストラスブール大学の研究者や医者たちは皆、〈自由地域〉であるクレルモン＝フェランに閉じこもったんだ。クレルモン＝フェランは美しい場所だよ。冬になると、丸屋根が雪で覆われて湖は凍りつく。カナダの広大な自然を思わせるような景色だ。そこで我々は態勢を立て直し始めたんだ」

「ネットワークを作ったんですか？」

ワイツ先生が近づいてきて、耳元でささやいた。

「最初はオーヴェルニュの〈フラン・ティレール〉という組織だった。その後、他の組織と統合されて〈レジスタンス統一運動《MUR》〉になり、そこで私はナンバーツーだったんだよ。南部にまでゲシュタポが入ってきてからは、さらに妨害活動を増やした。そして捕まったんだ。一九四三年七月三日の朝にね……」

「ここに来たのはいつですか？」

「十月十日だよ。ボビニーから第六十輸送列車で来た」

アウシュヴィッツに到着すると、ワイツ先生はナチの求めに応じて、医学分析研究所を立ち上げたそうだ。だが、任されたのは診療所だった。

「ここのルールを知っているだろう、アルフレッド？　SSたちは、何の役にも立たない重症者の命を助けたりなんかしない。だからそういう患者たちは、ここにかくまってできるだけ長いこと見つからないようにしなければならないんだ。弱った身体を休ませるためにね」

「でも、どこで？」

すると、ワイツ先生はにやっと笑って天井を見上げた。視線をたどると、右側に幅の狭い溝が見えた。

「屋根裏部屋があるんだ」

嘘だろう？　アルフレッドはにわかには信じられなかった。ワイツ先生にとって、それはとんでもなく危険な行為だ。見とがめられてしまうかもしれないし、密告されるかもしれない。もしばれたら、いくら優秀な医者とはいえ、ＳＳに処刑されてしまうだろう。

だがその後、アルフレッドは幾度となくワイツ先生を手伝って、患者たちを屋根裏部屋に運び上げることになった。屋根裏部屋は、四つん這いにならなければ進めないほど狭く真っ暗だったが、生き延びるために必要な場所だった。ワイツ先生が患者たちを回復させるのに必要な時間を確保するために。もしそれが叶わないのならば、少しでも穏やかな最期を迎えられるようにするために。

一九三五年十二月

アルフレッドは、友人のエミールとモンパルナス通りにある〈ラ・クーポール〉というブラッスリーで待ち合わせた。エミールはそのお気に入りの店に、出版されたばかりの本を手に現れた。ジャック・カルトネが書いた『水泳』[15]というシンプルなタイトルの本だ。中には、三十二の素晴らしい写真が掲載されていて、それぞれの泳ぎの完璧な動作を詳細に分析している。それに加えて、額に金髪の張り付いた魅力的な女性選手による飛び込みの写真もあった。腕を広げてふわりと浮いたようなジャンプ、前方に回転するえび型飛込み、ひねり飛込み、膝を曲げて抱え込んだ、あるいは膝を伸ばして身体をふたつに折った宙返り……。写真はこの上なく優雅だ。

「ジャック・カルトネは、自分にとってのマレーネ・ディートリヒを見つけられなかったのかな」ページをめくりながら、アルフレットは冗談を言った。「こんなにきれいなモデルだと、青い天使とか、ブロンドのビーナスとか、そういう感じだね」

「確かに。いいモデルを選んだよね。文章は序文しか読んでいないんだ。〈無名の友への手紙〉っていうタイトルなんだけど。僕にはちゃんと理解できたのかわからないや……」

アルフレッドはエミールの手から本を取ると、アニス酒をちびちびと飲みながら、序文の最後のほうを読んだ。

『水に対する肉体の戦いは眠っていた真実を目覚めさせる（真実がなければ勇気は単なる標語になってしまう）。というのも、水との戦いによって、人は存在することへの疲れや数々のひずみを克服し完璧な肉体を勝ち取るからであり、そこに自分自身の豊かな精神を見出すからである。また、その戦いを求めて人が岸辺、あるいは真四角のタイルにとらわれた水の周囲に立ち対決へと向かうのは、そこに今日、英雄的な人生の場所があるからである。』

「豊かな精神、英雄的な人生……」アルフレッドはため息をついた。「この男の真実って、いったい何なんだ？」

一九三六年三月、パリ

ついにジョルジュ・エルマンコーチから、ベルリンオリンピックに出場する競泳選手が発表された。発表の前日、選ばれた選手たちは、ひとりひとりレーシング・プール近くにあるエルマンコーチの事務所に呼ばれ、内示を受けた。アルフレッドも、その中のひとりだった。

コーチは、水泳のテクニックに強い関心を持っていたが、どうやら冒険や探検の物語も大好きらしい。訪れた小さな事務所には板張りの壁に取り付けられた棚があったのだが、その棚はそういう類の本や雑誌でいっぱいになっていた。

エルマンコーチは情熱的で、尊敬されている人物だ。選手に対していつも励ましや称賛、そして慰めの言葉をかけてくれる。アルフレッドが部屋に入り椅子にかけると、コーチは立ち上がり、机をぐるっと回ってすぐ隣に椅子を持ってきて座り、煙草を一本取り出した。

「すごいじゃないか、アルフレッド、たいしたもんだ！　三カ月後には、初めてのオリンピック出場だな。君はまさに選ばれるべき選手だよ。海の向こうのコンスタンティーヌでも、みんな大喜びするぞ」

アルフレッドは、顔がこわばるのを感じた。感情が高ぶるといつもそうなる。学校でも、黒板の前に呼ばれたりすると同じようになったものだ。今でも、大勢の人を前に話すように言われたときなどは、顔が真っ赤になり言葉もまともに出ず、散々な目にあう。この瞬間も同じだった。

「良い結果が出るよう頑張ります。本当にありがとうございます」

やっと言えたのはそれだけだった。しどろもどろなのがおかしかったのか、コーチがニヤリとし、そしてドアのほうを見て言った。

「さあ、行きなさい。しっかりトレーニングするんだよ、アルフレッド。もしご両親に連絡したかったら、私の電話を使っていいからね」

アルフレッドは、その日ポールに会う予定だったが、まず花屋に行って白いバラ二十二本を買った。まるでポールの誕生日をお祝いするかのように。それから、セーヌ通りの酒屋に寄り、シャンパンマニアの店主が勧めるメゾン・アンリオのロゼも一本買った。そしてプレゼントを抱えて、ポールが住んでいる大叔父さんのアパルトマンの呼び鈴を押した。ポールがドアを開けてくれたので、いつものように舌を出し、目を大きく開けておどけてみせた。やっといつもの調子が戻ってきた気がする。オリンピックに出ることが決まったと話すと、ポールは目を見開いた。

「オリンピック？」

「そうだよ、オリンピックだ、ポール。ベルリンに行くんだ！」

ベルリン……。ふたりとも考えないようにしていたので、喜びは本当に大きかった。ナチスの第三帝国の首都で行われるオリンピック、ナチスの力を誇示するオリンピックだ。ドイツでは、一九三五年九月にユダヤ人から公民権を剥奪するニュルンベルク法が制定されて以来、ユダヤ系ドイツ人たちは自分の国で異邦人となってしまっていた。ユダヤ人教師たちが解雇されてしまったことも、あらゆる新聞が伝えており、知っていた。だがそれより前の一九三三年四月からすでに、ユダヤ人はスポーツクラブから追放され、ナショナルチームの選抜からも外されていた。そのようなファシズムの広がりの中、それに対抗する反ファシズムの機運が高まり、パリの通りにはオリンピックのボイコットを呼びかけるポスターが貼られ、アルフレッドとポールもそれを目にしていた。『ベルリンにアスリートを送るな！』と書かれたポスターを見ていると、ふたりのドイツ人アスリートの事件が思い出される。「自分たちの国にはスポーツをする自由がない」と発言したために、終身刑を言い渡されたのだ。『ベルリンへ行くことは、ヒトラーの残虐行為を承認することだ。ベルリンへは行くな！』それが、多種多様な人たちに友愛を示すことになる。ベルリンには行くな！　それが平和を後押しする！』夜になると、アルフレッドとポールは不安でいっぱいになることが多かった。だが、親しくしている多くのユダヤ人と同じように、楽観主義者でいたかった。

もしフランスがベルリンオリンピックをボイコットしないなら、そこにはそれなりの理由があるのだろう。一九三六年二月、ドイツで開催されたガルミッシュ＝パルテンキルヒェン冬季オリンピックは、うまくいったのだ。フランスの代表団は、満足して帰ってきた。近代オリンピックの創始者ピエール・ド・クーベルタン自身も、ヒトラーはオリンピック精神を尊重している、と認めている。

このころから、ヒトラーに反発するフランスとスペインの労働者の間に、反ファシズムの〈人民オリンピック〉を開催しようという動きが出てきた。そして、五カ月後の一九三六年七月にバルセロナで開会式が行われることが決まり、各国から人々が集まった。だが直前にスペイン全土で内戦が勃発したために、結局、中止となってしまった。参加していたパリのイディシェ・アルバイター・スポーツクラブ（YASK）のメンバー七十人は、他のアスリートや観客と共に、緊急に用意された特別船で帰国せざるを得なかった。

一番いいのは、独裁者となったあのチビの伍長のひどい言葉や、人とは思えない非情さや、狂ったような目を忘れることだ。そうアルフレッドは思った。あの男が存在しないかのように振る舞わなければならない。これはスポーツの大会にすぎない、と繰り返し自分に言い聞かせる。そう、一番素晴らしく、一番きらびやかなスポーツのイベントだ。そしてなんといっても、カルトネではなく、コンスタンティーヌ出身のしがないユダヤ人の自分が選ばれたのだ。

一九三六年八月、ベルリン

一九三六年八月一日、巨大なオリンピックスタジアムで、ベルリンオリンピックの開会式が行われた。青いジャケットに白いパンタロン姿のフランス選手団は、ナチス式敬礼をせず、右手を水平に伸ばすオリンピック式敬礼をした。だがそのふたつはよく似ていた。入場行進する選手からは、そのときヒトラーが観客席にいるのかわからなかった。だが、もしヒトラーが見ているならば、きっとフランスが服従の意を示していると勘違いして大喜びするはずだ。そう考え、選手たちは内心、独裁者をぬか喜びさせることを楽しんだ。

ベルリンに到着して以来、フランス人アスリートたちは、度を越して調えられた環境に唖然としていた。十万人を収容できるオリンピックスタジアムはもちろんのこと、四千四百人の男子選手と三百六十人の女子選手が宿泊する選手村も、超近代的だ。フランスのマスコミは、この第十一回目のオリンピックが整然と運営されていることに感動した。二千八百人のジャーナリストが現地に集まっていた。史上初のラジオでの生中継も行われ、国外の百五の放送局を通して、世界中の三億人の人々に放送を届けた。新聞のコラムニストたちは、ドイツ帝国の首都に立ち並ぶ建築物の巨大さにただただ驚愕していた。ハーケンクロイツの旗で飾られた大通り、ブロンズ製のオリンピックの鐘が取り付けられた高層ビルや彫刻を施した記念碑などの威信をかけた建造物……。すべてが華やかだったが、それらのうわべの華々しさとは対照的に、アルフレッドは深い悲しみを感じた。街に流れる不穏な空気に気づいていたからだ。パトロール隊が車で巡回し、白い手袋にヘルメットをかぶった兵士たちが、足を曲げない独特の上げ足歩調で行進して石畳に足音を響かせている。自由など入る隙間はないと思わせる不吉な動きだ。楽しむことなどできなかった。

　そもそもアルフレッドの状況は、まったく楽しむどころの話ではなかった。腹にガスがたまっていたせいで体調が悪く、勝てる見込みが大きかった八月八日の百メートル自由形準々決勝を、棄権しなければならなかったのだ。水泳チームは、四×二百メートル自由形のリレーにすべてをかけることにした。タリー、カヴァルロ、憧れの存在であるジャン・タリス、そしてアルフレッドが出場した。メダルを持ち帰れる最後のチャンスであるレースは八月十二日に行われた。だが、メンバーの体調が万全でなかったこともあり、巨大なオリンピックプールで数千人の観衆を前にして、望んだようには事は運ばなかった。結果は、僅差で表彰台を逃し四位だった。最悪だ。日本[16]、アメリカ、ハンガリーに次ぐ順位だった。ただひとつよかったのは、デッドヒートの末にドイツを破ったことだった。

＊＊＊

フランスのル・ブールジェ空港へ向かう飛行機の中で、アルフレッドは素晴らしいひとときを過ごした。というのも、ボクシング・ライトヘビー級ロジェ・ミシュロのとなりに座らせてもらう機会を得たからだ。ロジェはミドル級のボクサー、ジャン・デポと共に、金メダルを獲得していた。今回のオリンピックでフランスが獲得した金メダルは七個だったが、そのうちの二個をこのふたりが取っていた。ボクシングファンのアルフレッドにとっては、メダル獲得なしという競泳の残念な結果を埋め合わせるだけの価値のあるものだった。ロジェは、決勝でドイツ人のリヒャルト・フォークトを倒している。その素晴らしい試合を、アルフレッドはタリスと一緒に観戦していた。そのときの様子は、鮮明に記憶に焼き付いている。本当に嬉しかった。

「ヒトラーは激怒していたみたいだな！」ロジェ・ミシュロが面白そうに言う。

「見ただろう？　リヒャルト・フォークトは腰にオリンピックのチャンピオンベルトを巻いてリングに上がったんだ」

「あいつは自信過剰なんだよ。四年前のロサンゼルスオリンピックの準決勝で、俺を負かしていたからな。俺より頭ひとつ分高いし、鋼の筋肉だ。簡単な試合だと思ったんだろうよ」

「競泳でも、自信過剰な人はいるな。しかし、本当にすごかったなあ。君はあいつより動きがよかった。みんなすぐに気がついたよ」

　ロジェ・ミシュロが、発行されたばかりの『ロト』誌を差し出してくる。

「読めよ」

「『第三ラウンド。ドイツ人の観客たちは、お気に入りのボクサーに熱狂的な拍手を送った。リヒャルト・フォークトは、されるがままにはならず、挽回しようとした。素晴らしい打ち合いだった。ロジェ・ミシュロはますます巧妙になり、リヒャルト・フォークトはパワーを増した。だが、ロジェ・ミシュロの素晴らしい右パンチが狙いすましたようにリヒャルト・フォークトの顎に決まった。そしてゴングが鳴り響く。ロジェ・ミシュロの勝利だった』ねえ、ロジェ。僕は、水の中ではすごく闘争心が沸くタイプなんだ。でももっと巧妙にならなきゃダメだね」

　ロジェ・ミシュロが、わかってるじゃないか、というようにポンと肩を叩いてきた。アルフレッドは自分の席に戻って、ロジェを見た。ロジェはしっかりと手にメダルを握りしめ、円窓に顔を寄せて、雲海を見ながら微笑んでいた。

一九三六年十二月、対決のとき

トレーニング中、アルフレッドはジャック・カルトネから、見下すような視線で異常なほどじろじろと見られた。だが、話しかけてはこない。ベルリンオリンピックに出場したやつには話しかけない、と決心したようだ。どうやらこちらをあからさまに無視することにしたらしい。まあ、そのほうがせいせいするさ。そうアルフレッドは思った。それでも、横目でずっとにらみつけられた。嫌なことを考えている目だ。しかし、なぜここまで対抗心を燃やしてくるのだろう？　ベルリンオリンピックの選考に落ちた屈辱が受け入れられないでいることは明らかだ。さらに、荒っぽい泳ぎ方をするアルジェリアから来たよそ者に、今のポジションを完全に奪われてしまうのでは、という恐怖もあるのだろう。カルトネはプールの芸術家と評され、相変わらずプライドをくすぐるような写真が新聞に掲載されている。あらゆる新聞がカルトネの栄光を書き立てていて、目にしないわけにはいかない。それはまるで愛の告白のようだ。『ジャック・カルトネ。百七十九センチ、七十九キロ。素晴らしいプロポーションだ。強靭な肺を持っているが、身体のラインは細くて美しい』あるいは、こんなものもある。『薄い目の色、無邪気な笑顔、ゆっくりと流れるような声。身体はキュクロプス〔ギリシャ神話に登場する単眼の巨人〕のように筋骨隆々だが、その顔はまるで少年だ』たぶんカルトネは、単にユダヤ人に我慢できないだけなのだろう。そうアルフレッドは思った。トレーニング中はカルトネも自制しているらしく、むやみに変なことはしてこないようだが、軽蔑の気持ちが全身から噴き出しているのはわかった。

　この理解しがたい存在から、されるがままになっていてはいけない。アルフレッドはカルトネを、正々堂々と挑発することにした。選んだ種目は、カルトネが数年前から得意としている平泳ぎ。その百メートルのスプリントレースを提案した。そして新聞にも、試合の中で対決することを伝えた。やはり「攻撃は最大の防御」なのだ。驚く人たちに対しては、『パリ・ソワール』紙のインタビューの中でこう答えた。「僕がジャック・カルトネと百メートル平泳ぎで対決したいと言ったときには、無分別なことを言うと叩かれました。確かにこれは危険な冒険です。でも僕は冒険が好きなのです。それに、僕は冒険にわくわくしています」カルトネは、それまでまったく話しかけてこなかったが、この新聞記事は読んだらしく、激怒した。そして、せっかく受けたいい教育も忘れてしまったらしく、ロッカールームで一緒になると、怒り狂って近寄ってくるなり顔を寄せた。

「おまえは自分の能力をひけらかしたいのか？　明日になれば、おまえはフランス水泳界の恥になる。もう新聞を開く勇気もなくなるからな」

アルフレッドは、黙って聞いていた。『父さんの言葉を思い出せ、アルフレッド。侮辱されても気にするな』そう自分に言い聞かせた。

レース当日、ボンヌ＝ヌーヴェル通りにあるネプテューナ・スイミングプールでは、大勢の観客が待っていた。ボクシングのタイトルマッチではなかったが、アルフレッド・ナカッシュとジャック・カルトネの水泳対決は、スポーツ新聞の一面を飾っていた。階段状になった客席には、熱烈なファン、ラジオ局のレポーター、議員、大臣までもが詰めかけた。上流階級の人たちが大勢いる。だが、アルフレッドにとって大切だったのは、ポールの信頼のこもった視線だけだった。ポールのために勝ちたい。ポールのために勝つのだ。

スタートは完璧だった。持っている力をすべて瞬発力に替えて飛び込んだ。隣のレーンでは、カルトネが身体を伸ばす。だが、こちらより二分の一秒遅れていた。もしかしたら一秒かもしれない。その差は縮まってはこなかった。今日はアルフレッド・ナカッシュの日だ。レースで、カルトネの傲慢さに応えるのだ。肺を最大限に膨らませた。そのとき、観衆のざわめきを感じた。後ろから押されているような、応援されているような気がした。叫び声と拍手喝采の波が、耳の中で泡のように弾ける。これは自分のための声援なのだろうか？　アルフレッドは、観衆が味方についてくれたのだと思った。チャレンジャーとしての自分を、そしてちょっと変わった水泳選手である自分を応援してくれているのだ。最後の数メートルですべてを出し切る。プールは、今や巨大な反響箱だった。もう言葉は聞き取れない。あとひとかきだ、アルフレッド……。ゴールタッチして水から顔を上げると、歓声に包まれた。みんな立ち上がってこちらを見ている。その中に、まるでカメラマンがピントを合わせるかのように、ポールの顔がはっきりと浮かび上がった。

「ナカッシュ、勝利！　一分十二秒四です！」

フランス新記録だった。アルフレッドは、このひとときをじっくりと味わった。これは仕返しではない。ただはっきりさせただけだ。

一九三七年十月

その日の朝、アルフレッドは、ジャンソン・ドゥ・サイイ高校の寮で、心が温かくなるような小包を受け取った。中に入っていたのはシェイク・レイモンドのSPレコードで、コンスタンティーヌの音楽レーベル〈ディアモフォンヌ〉が製作していた。シェイク・レイモンドがそっと送ってくれたプレゼントだった。レコードには、手書きのメッセージが添えられていた。『親愛なるアルフレッド、プールのコースにいる君と同じように、僕の指も楽器に張られた弦の上を滑っているよ。パリの人たちを喜ばせ続けてほしい。ついにレコード盤に刻まれた友より』

ウードとバイオリンの最初の音を聴いただけで、アルフレッドはたちまち、花が咲きかぐわしい香りのする〈ベン＝アゼイム・フォンドゥク〉の中庭に戻っていた。レイモンドの声に包まれて、心は子どものころ過ごした町に飛んでいく。だが今、自分はそこにおらず、遠いところにいるのだと思うと、胸が少し痛くなった。弟たちにからかわれることもなく、祖母が作ってくれるたくさんのいい匂いのする料理もなく、太陽の下でのピクニックもないことを、ひしひしと感じた。今日からは、シェイク・レイモンドのメロディがずっと頭から離れなくなるだろう。そうアルフレッドは思った。

一九三七年十二月、パリ

アルフレッドは、トゥレル・プールでジャン・タリスと待ち合わせをしていた。プールが入っているのは、一九二四年のパリオリンピックのために建てられた巨大な建物だ。到着するとすぐ、プールを見下ろせるバーに向かう。明るい板張りの壁の豪華なバーには、すでにジャン・タリスが座っていた。手には一冊の本を持っている。アルフレッドが到着すると、にっこりと笑って言った。

「違う場所を選んだほうがよかったんじゃないか?」

「どうしてです?」アルフレッドは慌てて言った。

「どうしてって、忘れたのかい? ベルリンオリンピックのときに俺たちが腹痛に襲われたのは、ここの呪われたサンドイッチに入っていたハムのせいだぞ。サンドイッチを食べたチームメイト全員が、何日も腹を押さえて過ごしたんだからな。で、何飲む?」

「同じもの、グラスの赤ワインにします」アルフレッドは答えた。実は何度もタリスから、もっとくだけた話し方をして、と言われているのだが、どうしても丁寧語になってしまう。

タリスは、数ヵ月前にすでに現役選手を引退しており、その後は思い出を記した本を書いていた。今日は、その本が完成したとのことで、プレゼントしてくれると言っていたのだ。

「ほら、君の分だ」差し出してくれた本のタイトルを見ると、『水の喜び』[17]とある。

「本屋で幅を利かせる水泳選手は、ジャック・カルトネだけじゃなくなるぞ」

「あいつがこの本を手にしたら、具合が悪くなりますよ」アルフレッドは皮肉った。

「君がこの本を読んでも、技術面ではたいして学ぶことはないと思うけど、もうちょっと深いところまで書いているからね。参考にしてもらえたら……」

タリスとの間に上下関係はなく、友人として接してくれていた。それは、勝利の本当の価値を知っている者同士、互いに理解し合っていたからだろう。

「ジャン、あなたの引退を、マスコミは本当に残念がっていますよ」

「ああ、わかっているよ。でも、自分の本能に従うべきだと思ったんだ。俺は水泳をやめたが、それはもう好きじゃなくなったからじゃない。いつか、好きじゃなくなるのが嫌だったんだ」

「つまり？」

「かつてのチャンピオンが、もう前みたいじゃなくなったからという理由で、みんなから叩かれることほど悲しいことはないよ。まだ続けているのか、と言われることもある。それって、年をとった女性が、昔と同じようにセクシーに振る舞っているみたいじゃないか」タリスはふざけて言った。「さあ、『水の喜び』に乾杯しよう！　それから、君のこれから作る記録にも乾杯だ！」

　アルフレッドは、受け取った本のページを素早くめくった。理想的なクロールの動きをコマ送りに撮影した写真が載っている。第一章の数行に目を走らせた。『もし、私のことを特別な存在だと主張する人たちが、数年前の私を見ていたら……。私は痩せて、華奢な体格の少年だった。肩幅は狭く、ひ弱に見えた』

「水泳には向いていないと思っていたんですか？」アルフレッドはびっくりして顔を上げた。

「俺は、あまりアスリート向きじゃなかったんだ。シャルル・リグロが蝶の採集をするのと同じくらいにね。ひとつ告白すると、高校では体格が貧弱すぎて、アステカ人と呼ばれていたんだよ」

「僕は水が怖くて、よくからかわれていました」

「俺は、その点は大丈夫だったな。水は好きだったんだ。小さいころは、何時間でも水の中にいられたよ。最初はね、ラグビーがやりたかったんだ。痩せぎすの男はみんな激しいスポーツをやりたがる、という理屈さ。俺は両親と一緒に試合を見に行ったんだけど、そのとき目の前でひとりの選手が、ボキッ！ と足の骨を折ったんだ。母親はこう宣言したよ。『よくわかったわ。あなたはラグビーをやらないでね』それで終わりさ」

アルフレッドは、今さらながら、憧れの選手であるタリスに個人的な質問をしたことがなかったことに気がついた。

「それじゃあ、何かきっかけがあったんですか？」

「最初の水泳クラブの所長がきっかけじゃないことは確かだな。俺が泳いでいるのを見て、『あいつを特訓しても無意味だ。たいした選手にはならん』って切って捨てたんだから。俺に火を点けたのはジョニー・ワイズミュラー[19]だ。最初にワイズミュラーを見たのは、一九二四年、ベルサイユ宮殿にあるパージュプールだったよ。アメリカの水泳チームが、オリンピック前の練習地として俺の通っていたプールを選んだんだ。十五歳だった俺は、ワイズミュラーの強さや、スタイル、優雅さに本当に驚いた。一緒に見た友達とあんなふうになろうと話したよ。そこからすべてが始まったんだ……」

「僕にとってのワイズミュラーは、ファビアンです。コンスタンティーヌに短期滞在していた軍人なんですけど。ファビアンのことを考えるたびに、すべてはあの人のおかげだと思うんです」

「おっと、悪いな、アルフレッド。もう行かなきゃいけない時間だ。続きはまた今度聞かせてくれ。もう会う機会がない、なんて馬鹿なことはないんだから。いいか、コーチの言うことはちゃんと聞くんだぞ。忠告にはちゃんと従うんだ。いいな？　コーチのこだわりポイントはわかっているな。〈しなやかさと呼吸〉だ」

本のお礼を言う間もなく、タリスは席を立ち、階段のところまで行ってしまった。だが視界から消える前に振り返って、楽しげな様子で繰り返した。

「しなやかさと呼吸だ、アルフレッド！　それができれば、君はもっと遠くにまで行けるぞ！」

＊＊＊

『水の喜び』は、アルフレッドの愛読書になった。初心者向けではあったものの、毎晩眠りにつく前に読み、師と仰ぐタリスの言葉を吸収した。自分の欠点を修正できるようなアドバイスを探しながら、本の内容を掘り下げて読んでいく。アルフレッドは、パワーで泳いでいた。強靱な肉体と強い闘争心で進んでいくやり方だ。だが、それには限界がある。そのうちに赤信号が灯り、どうしたらいいのかわからなくなってしまう危険がある。しなやかさと呼吸でもっと遠くにまで行ける、とタリスは繰り返し言っていた。

『泳ぎで良い成績を出すために、大きな筋肉は必要ではない。必要なのは、伸びやかでしなやかな筋肉と、しっかりした肺、そして強い心臓だ。とくに、柔らかく泳ぐことを習得しなければならない』アルフレッドは、このアドバイスに心を奪われた。

「ねえ、ポール。もしもっと強くなりたかったら、柔らかく泳ぐことを覚えないといけないんだって。もっと早く知っていたらなあ」アルフレッドは、冗談めかしてポールに言った。

ポールは、『フランスの女性』という雑誌を読んでいた。この雑誌はポールが毎週愛読しているもので、美容についてのアドバイスや流行の新しいファッションのイラストなどをチェックしている。今は、エレガントかつ動きやすいスポーティなファッションが流行っているらしい。他に載っている記事としては、ゴシップ記事やオカルトについてのコラムなどもあった。ポールはその読みかけの雑誌を置くと、アルフレッドが持っていたタリスの本を取って、最初のほうを読み始めた。タリスが長距離レースについて触れている部分だ。とくに、セーヌ川を八キロ泳いでパリを横断するレースでは、タリスは何度も優勝していた。

「ほら、ここをちゃんと読んで」ポールが優しく言いながら、本を返してきた。「こう書いてあるわ。『私はと言えば、パリ横断レースでは、いつもライバルの選手たちより数分早くゴールして優勝していた。疲れることもなく、フォームが乱れることもなかった。なぜかといえば、〈やわらかく〉泳いでいたからだ』長距離レースよ、アルフレッド。二百メートルのレースとは全然違うわよ！」

「でも、コーチはいつも手足を伸ばしてリラックスするように言ってくるんだ。カルトネはそれで栄光を勝ち取ったらしいからね」

「あいつのことは忘れて。どうでもいいことよ」

アルフレッドはページをめくっていき、ワイズミュラーについて書かれているところで目をとめた。タリスに強烈な印象を与えた水泳選手だが、今やスクリーンの中でターザンを演じて注目されている。『類猿人ターザン』『ターザンの復讐』などに出ていて、最新作の『ターザンの逆襲』は、ポールと一緒に、イタリアン通りにある映画館〈カメオ〉で三回も見た。すべてのフランス人と同じように、映画に出てくるチンパンジーのチータはふたりにとってもマスコットだったし、またほとんどすべてのフランス人と同じように、あのターザンの叫び声をまねて喜んでいた。

「ねえ、ワイズミュラーが、アスリートの健康管理について話しているところがあるよ。何が書いてあるのかな」

「あなたにドーナツを作るのをやめなきゃならないわ」

「全然そんなこと書いてないよ。読んでみるね。『アスリートは煙草を絶対に吸ってはいけないとか、特定の料理を食べてはいけないとかいうことはまったくない』ほらね、僕にとっては一番いいニュースだ！」

「そのあとは何て書いてあるの？　『大切なことは、何事も過剰にならないようにして、規則正しく生活すること』でしょ？」

「それも書いてある」アルフレッドは、ポールにもワイズミュラーのアドバイスがちゃんと見えるように、本を大きく開いて見せた。

　起きたときと朝食について書かれた部分に、ふたりは興味を引かれた。そこを音読してみる。「『朝は、だらだらとベッドの中にとどまっていてはいけない。すぐに起き上がって、お湯をゆっくりと飲むこと。それから、窓を全開にして数分間身体を動かす。朝食前には、フルーツジュースを一杯飲む。おすすめは、オレンジジュース、グレープフルーツジュース、あるいはトマトジュースだ。朝食は、果物から食べ始めること。りんご、洋梨、あるいはプルーンなどだ。熱すぎるものや冷たすぎるものは飲まない。そして、皮膚は呼吸をしているので、着る服は軽くて大きめなものにすること』呼吸だってさ。みんな口を開けば呼吸のことしか言わないないいんだから」

「服についてのアドバイスはともかくとして」ポールが笑いながら言う。「でも、起き抜けのお湯については、声に出して読むべきではなかったかもよ。さっそく実行するからね！」

「それじゃあ、『水の喜び』じゃなくて『お湯の喜び』になっちゃうよ」アルフレッドは冗談を言いながら、持っていた本を置いた。

新たに得た知識に満足し、アルフレッドは、また雑誌を読み始めたポールにくっついて丸くなった。乳白ガラスの小さなランプの周りには金色の光の輪ができており、その下にいるポールを照らしている。それを見ていると、なんだか幸せな気持ちになった。しばらく雑誌に夢中になっていたポールが、声を出した。「光り輝く女性を紹介する記事が載っているの。わたしと全然違うタイプね。『大局的な視点から最も難しい問題を理解し、人生が素晴らしいシンフォニーを奏でている女性』ですって。いまいちね。あとは、『パリ、そしてそれ以外の場所から』というコラムもあるわ。タイトルは『三人の強い影響力を持つ女性』ナチスドイツでは、女性たちの中で熾烈な戦いがあって、三人の女性が権力を分け合っているそうよ。レニ・リーフェンシュタール、マグダ・ゲッベルス、そしてエミー・ゲーリングの三人ね。レニ・リーフェンシュタールは、ヒトラーのお気に入りの映画監督で写真家、女優でもあるわ。マグダ・ゲッベルスは、ゲッベルス宣伝相の奥さん。そしてエミー・ゲーリングは、政治家で国家元帥のヘルマン・ゲーリングの奥さんね。三人とも美人で、情熱的で、野心的。『どんな悲劇がこの嫉妬深い三人を待ち構えているのか？』って書いてあるわ。ねえ、聞いている、アルフレッド？『微笑み、美しい仕草のお辞儀、そして独裁者の欲望だけで、全世界の人々の運命が決まる。いつの世も、〈クロムウェルの砂粒〔イングランドの政治家クロムウェルは尿路結石で死亡したという説がある。クロムウェルの死で、イングランドの共和制は終焉を迎え、王政復古の時代へと移った〕〉、そして〈クレオパトラの鼻〉だ』ですって。クロムウェルの砂粒ってわたしは知らないけど、クレオパトラの鼻については、ちょっと大げさよね？」

アルフレッドは返事の代わりに大きく息を吐いた。すでにチャンピオンを夢見ながら半分眠りの世界に入っていた。

獅子鼻とずる賢そうな目

アルフレッドとポールにとって、一九三八年は矢のように過ぎていった。暮らしていたパリは、明るくのんきな雰囲気で、パーティ会場やダンスホールでは、人々はミュージカル『ミー・アンド・マイ・ガール』の中の人気曲〈ランベス・ウォーク〉のメロディにのって踊っていた。このミュージカルでは、軍隊の隊列がスイングして踊り、ヒトラーを公然と揶揄している。だが、舞台に立っていた俳優のモーリス・シュヴァリエ自身、このパリの明るさには驚いていた。『パリの陽気さは異常だ。狂気といってもいい。ありえないほどに楽しみ、大声で笑う。あらゆる場所が熱狂状態だ。踊る！　ふざける！　それから？　これは嵐の前の海だ。そのうちに空は暗くなり、巨大な波が船に襲いかかる。サイクロンがやってくる[20]のだ……』

アルフレッドは、国内大会や国際大会で、どんどんタイトルを獲得していった。フランス国内で新たに取ったチャンピオンのタイトルは五つ、百メートル自由形、二百メートル自由形、二百メートル平泳ぎ、四×二百メートルリレー、十×百メートルリレーだ。『圧倒的な強さ』と『ル・ミロワール・デ・スポール』誌は熱狂的に報道した。また、夏の間はポールと共に、サッカー・ワールドカップフランス大会に夢中になった。残念ながら、フランスは準々決勝でイタリアに負けて、早々に優勝争いから脱落してしまったのだけれども。アズーリと呼ばれるイタリア代表チームは、素早い動きで試合を支配し、フランス代表チーム・ブルーの〈地ならし屋〉と言われ鉄壁の防御を誇るディフェンダーのエティエンヌ・マトレもどうすることもできなかった。結局イタリアが優勝して大会は終わった。

好成績を出していたものの、ドイツで反ユダヤの動きが高まっていたため、アルフレッドは、代表に内定していたベルリンで開催される八月のヨーロッパ・アメリカ選手権大会の出場を辞退した。その代わりに、フランスB代表チームと共にスイスとの対抗試合に参加した。『ナカッシュは、ドイツ帝国よりスイスのほうがお好きなようだ』と『レコー・デ・スポール』誌の中でジャン・レイが嫌味を言ったが、ナショナルチームのコーチであるジョルジュ・エルマンから責められることはなかった。というのも、エルマンは、ベルリンオリンピックで選手村の所長を務めたウルフガング・フルストナー中尉がどうなったか、知っていたからだ。フルストナーは、気品のある物腰の人物で、礼儀正しく、献身的だったため、外国の選手団から非常に評判がよかった。そして選手村から戻ると『ルヴュ・デ・ドゥ・モンド』誌に長文のレポートを寄稿していた。だが、ジャーナリストでアカデミー会員のルイ・ジレが、ある本の中で忌まわしい事実を暴露したのだ。アルフレッドはコーチから、その部分にチェックを入れた本を渡された。[21]

「読んでみてくれ。本当に悲しいことだ……」

アルフレッドは、本を手にエルマンの事務所から廊下に出た。そして、エルマンとの面会を待つ訪問客たちが座るベンチに座り、フルストナーについて書かれた部分をゆっくりと読み始めた。悪い予想しかできなかった。

集まったアスリートたちの出自は様々で、たやすく混乱状態に陥ってしまう可能性があった。そのような中、相互理解を深め秩序を維持する役割を担ったのは、フルストナーだ。だが不幸なことに、フルストナーは、経緯は定かではないが、自分に弱点があることを知る。祖母のひとりがユダヤ人だったのだ。このことが公になると、フルストナーには汚れた血が入っているとみなされ、たちまち侮辱的な中傷文や皮肉った新聞記事など、ひどい差別にさらされた。

部屋には毎日中傷のビラが入るようになり、フルストナーは辞意を表明した。だが、配置転換されることもなく、名目上ある大佐の部下となっただけだった。おそらく、それでフルストナーをかばえると思ったのだろう。だが、敵対する人たちは、そのようなことでは満足せず、攻撃は激しさを増した。そんな中でも、フルストナーは、最後の日まで将校としてやるべきことをしっかりと行った。そして選手村のホストとしての大きな責任を果たした。常ににこやかで、礼儀正しく、実直だった。
オリンピックが終わった八月十六日日曜日の晩、フルストナーは、選手村に滞在していた選手たちに別れの挨拶をした。その翌日には皆が船に乗るのを見送り、最後の監督業務をこなした。フルストナーが当番兵によって死んでいるのが発見されたのは、そのわずか一日後、火曜日の朝のことだ。自殺だった。

胃がキリキリと痛くなり、アルフレッドは目を閉じた。亡霊のようによみがえった記憶で、動揺がさらに激しくなる。オリンピックが終わり、空港へ向かう車に乗ろうとしていたときに見たフルストナーは、手を振ってくれていた。真っ直ぐな目で、温かい笑顔だった。あのときには、そのあと起こることを知っていたのだろうか？　アルフレッドは、フルストナーの最期の瞬間をイメージしてみようとした。武器を素早く掴んで、そして……。だが、映像はすぐにかすんだ。想像できず、真っ白になった。
長い間、ジレの言葉がまとわりついて離れなかった。『汚れた血が入っているとみなされ……フルストナーが当番兵によって死んでいるのが発見された』
そして、十一月十日、衝撃的なことが起こる。恐怖を広めた〈水晶の夜《クリスタルナハト》〉事件だ。最初はベルリンで、それからドイツ全土に広がっていった反ユダヤの暴動で、店は破壊され、シナゴーグは焼かれ、数千人のユダヤ人が逮捕された。この虐殺は、パリで起こった殺人事件が発端だったらしい。ドイツ大使館三等書記官エルンスト・フォム・ラートが、パリに逃れていた十七歳のユダヤ系ポーランド人青年ヘルシェル・グリュンシュパンに殺されたのだ。個人的な恨みか？　それとも政治的な犯罪か？　それはたいして重要ではなかった。ナチスはこのユダヤ人大虐殺を『大衆から湧き上がった怒り』によるものだと表したのだが、この事件によってユダヤ人コミュニティは、一瞬にして崩れ落ちてしまった。

＊＊＊

アルフレッドとポールが結婚を決意したのは、まさにこの時期だった。人生を前向きにとらえるために。安心するために。そして、こんな状況の中でも穏やかな人生を送っていけると信じるために。唯一残念だったのは、二人の家族が結婚式に来られなかったことだ。パリでの滞在はとても費用がかかるということと今は危険すぎるということで、諦めざるを得なかった。というのも、コンスタンティーヌでも同じように反ユダヤの動きは大きくなってきており、暴力事件もますます増えてきていたからだ。結婚式のためとはいえ、いとこたちや甥、姪たちを残してこちらに来るなど、考えられなかった。ユダヤ人居住地区がいつ暴動に巻き込まれてもおかしくない状況だったのだから。

ふたりの結婚式は、一九三九年二月に、ポールの大叔父であるミカエルやその友人たちが出席して、マレ地区にあるトゥルネル・シナゴーグで行われた。アルフレッドは、伝統に則ってポールのベールを上げ、大きな緑の目を見つめた。そしてユダヤ教の結婚式で用いられるフッパという天蓋の下で、指輪の交換をした。式の終わりには、慣習として、グラスを落として割り右足で踏んで砕いた。これは、割れたグラスは元に戻らないことから、永遠を意味するものだ。式のあとは、コーチが探してくれたセバストポール通りにある小さなアパルトマンに移った。そして二十人ほどの招待客たちと共に、マルーフ音楽にのって一晩中歌ったり踊ったりした。

このころから、ポールはサン＝マルタン通りの学校で体育の授業をするようになった。家計を助けるためでもあるのだが、何より教えるのが大好きだった。アルフレッドのほうは、ますます有名になってきて、マスコミから〈アルテム〉という奇妙なあだ名をつけられた。モスクワ出身でスポーツ雑誌『ロト』誌のジャーナリスト、ディミトリ・フィリポフが名付け親だ。〈アルテム〉はロシア語で超高速で泳ぐ魚の名前だそうで、優秀な競泳選手であり、素晴らしい水球選手でもあるアルフレッドにぴったりだと思ったらしい。どの魚のことを指すのかわからなかったが、それはたいして気にならず、このあだ名はアルフレッドに馴染んでいった。フィリポフはまた記事の中で、アルフレッド・ナカッシュの屈託のない姿を紹介するとして、楽しそうに記事を書いていた。アルフレッドにしてみれば、そのように振る舞うことが自分を守る鎧になっているのだが、そのことについては触れられていなかった。『ナカッシュは、もう何年も前からパリに住んでいるにもかかわらず、自分のやり方を変えるべきだとは思っていない。大都会も、ナカッシュを怖がらせることはできないようだ。〈アルテム〉はコンスタンティーヌが好きだし、忘れるつもりもない。だから、都会の暗い大通りを歩いていても、まさにアルジェリアの子どもたちがするように、ぼんやりと空を見上げ、太陽の下で笑う』

そのころ、アルフレッドは預金を使い、八百フランで初めての自動車を買った。シムカ5コンバーチブルの白だ。『エクセルシオール』誌のインタビューでは、嬉しくなってこう話した。

「ご覧のとおり幸せです。結婚しましたし、競泳では実力を発揮できていますし、車も買いましたので」

「何か足りないものはありますか?」コラムニストのロジェ・ラミーが質問してきた。

「完璧な幸せを求めるなら、あとは学校でアラビア語を教える資格を取ることですね」アルフレッドはおどけて答えた。

「アラビア語を教えたいのですか?」ラミーが驚く。

「私が持っている唯一の望みですね。妻のポールは教師なのですが、私も一番なりたい職業が教師なのです」

ライバルのカルトネについて言えば、最近はおとなしい。こちらと再び対決することを避け、二百メートル平泳ぎを棄権している。カルトネのスター選手としての輝きは失われ始めていた。アルフレッドは、今回の『エクセルシオール』誌のインタビューで手厳しく語った。

「カルトネは、私について『同じレベルの平泳ぎ選手ではない』とあちこちで言っています。私は、カルトネが言葉ではない方法でそれを証明しようとするのを待っています。というのも、私たちが平泳ぎで競い合ったのはたった一度だけで、しかもそのときは私が勝ったのですから」

ある週刊誌が『カルトネを見たか？』という意地の悪いタイトルをつけていた。だが、その程度ではジョルジュ・エルマンコーチの怒りは収まらなかった。

「まったくひどいやつだよ、このカルトネという男は。がっかりだ。試合を嫌がって、毎度毎度、果たすべき義務から逃げているんだからな」

＊＊＊

一九三九年の夏は、フランスの一番美しく一番暑い夏のひとつに数えられるのではと思われるくらいだったが、暗雲が立ちこめてきた時期でもあった。というのも、ヒトラーの挑発がますますひどくなってきたからだ。誰ひとり——いやほとんどの人が——ヒトラーがここまでやるとは想像できなかったのだろう。だからその脅迫を真剣に受け止める人など、それまでいなかったのだ。親友のエミールは、今やポンジャン製粉工場のトップになっていたのだが、なんとかこちらの気持ちを落ち着かせようとしてくれた。

「ミュンヘン会談を見てみなよ。みんなでヒトラーを丸め込んだじゃないか[22]。イギリスのネヴィル・チェンバレン首相とフランスのエドゥアール・ダラディエ首相は、ヒトラーが戦争を起こすことを止めたんだ。会談を終えたダラディエがル・ブールジェ空港に戻ってきたときには、みんな熱狂的に出迎えたんだからね。本当によかったよ。それから、先週はナチスドイツのリッベントロップ外相がパリに来て、仏独親善共同声明にちゃんと署名したんだ。これは一種の勝利だよ、アルフレッド」

「いや違うよ、エミール。勝利じゃないよ。敗北だ。僕たちがヒトラーに丸め込まれたんだ。ヒトラーはさらに領土を広げた。そして最後には、宣戦布告するさ。のんきに休暇を楽しんだり、マルヌ川の川岸のパブに行ったりできなくなる。戦いが始まろうとしているんだ。一九一四年の世界大戦のようなことが、また始まる。今、最悪の状態に陥っているんだよ」

　このころ、マスコミの間でも、反ユダヤ主義がますます目立つようになってきていた。そんな中で、アルフレッドは格好の標的だった。『ル・ミロワール・デ・スポール』誌の記者ニコラ・スタネイユでさえ、誹謗中傷記事を書いた。『ナカッシュは、縮れ毛で、少しばかり獅子鼻で、目はずる賢そうだ。顔は半獣神のようなのに尖った耳がついていないことに、逆に驚いてしまうくらいだ』

アウシュヴィッツ、一撃

人目につかないバラックの陰で、アルフレッドはヴィクトール・ヤング・ペレスと話すチャンスがあった。チャンピオン同士、ほんの少しの隙間時間での会話だ。

「それで、いきなり恋に落ちたのかい？」ヴィクトールが問いかけてくる。

「一目惚れだよ。ポールの緑の瞳にね」

「俺もそうだな。黒い瞳にやられたよ。でも、俺にはきれいすぎたな」

空の一部はオレンジ色に染まり、今まさに夜に取って代わられようとしている。ふたりは、まるでお互い隠し事など何もない親友のように話していた。ヴィクトールは土木作業をさせられており、かなり衰弱している。それに比べたら、アルフレッドの身体はだいぶマシだ。だが、妻のポールと愛娘のアニーのことを思うと日を追うごとにさらに不安が膨らみ、いても立ってもいられない状態だった。ふたりはどこでどうしているのだろう。それを聞いたヴィクトールが、安心させようと言葉をかけてくれる。

「ドイツ人たちはふたりに危害を加えないよ」

アルフレッドは、その言葉を信じるふりをした。

「道で女性とすれ違うと、ポールなんじゃないかと思うことがしょっちゅうあるんだ」

「それは単なる気のせいではなくて、予知なんだよ」ヴィクトールがそう言って安心させてくれる。ヴィクトールのほうは、長いことパートナーとなる女性はいないらしい。以前付き合っていたミレイユと別れて以来ずっとそうなのだという。ミレイユ・バラン。フランスの映画スターだ。どうやらヴィクトールは、そのことについて吐き出したい気持ちがあるらしい。アルフレッドはそう感じて、友人の話に耳を傾けた。ヴィクトールが打ち明けたことには、ミレイユは人生をかけて愛した人だったがあっけなく捨てられてしまった、とのことだった。感情をほとばしらせるように話し始めたのは、ヴィクトールにとって祝福された日となった一九三一年十月二十四日の出来事からだ。

その日、ヴィクトールは、パリの屋内競技場パレ・デ・スポーツで試合があった。集まった一万六千人の観客は、まだ二十歳そこそこの小柄なヴィクトールを見てびっくりしたという。だがヴィクトールはリングに上がると、アメリカ人のフライ級世界チャンピオン、フランキー・ジェナロ相手に驚くべきフットワークを見せ、左右の連続パンチで顎を狙った。そしてわずか二ラウンド、五分あまりの戦いで勝負はつき、ヴィクトールは新しいチャンピオンになった。幼いころ過ごした故郷チュニジアの首都チュニスのユダヤ人居住地区は、想像できないほどの歓喜に沸いた。パリでも、〈ヤンキー〉とあだ名されたこの色黒で小柄な男が成し遂げたことに、驚きと称賛の嵐が巻き起こった。若さゆえの生意気さも相まって、ヴィクトールは一躍ファンのお気に入りとなる。手に入れた世界チャンピオンのベルトは、永遠に続く英雄の証《あかし》だった。

　ヴィクトールが主役となったカクテルパーティにミレイユ・バランが現れたのは、そのころのことだ。〈パトゥ〉や〈ココ・シャネル〉のモデルをしていたミレイユは、きれいで、洗練されていて、映画界への進出を狙っていると噂されていた。近づいてきたのはミレイユのほうからだったそうだ。優しい目と鍛え上げられた身体に惹かれたのかもしれない。「ひと目で、俺は恋に落ちたよ。同じ日の夜に、ふたりで会った。そして翌日も。その次の日も。俺たちは愛し合っていたけれど、でも俺はずっと自分の身に起こったことを信じられずにいた。どうしてこんなにもエレガントでセクシーな女性が、俺みたいなリングの上の小さなチュニジア人なんかに夢中になるんだろうってね」ヴィクトールは、ミレイユの気を引くことにすべてのエネルギーを注いだ。よそよそしい態度をとられると、また振り向いてもらおうと躍起になった。レストランに招待したり、高価なプレゼントを贈ったり、プジョーから贈られたスポーツカーに乗ってドーヴィル〔ノルマンディー地方の海水浴場。カジノと競馬場がある〕へ旅行したり、カジノへ行ったり……。ミレイユの心をつなぎ止めておくためなら、安いものだった。「このころ、俺は試合に負けた。以前のようにちゃんとトレーニングをしていなかった。できなかったんだ。俺はミレイユのことしか考えていなかった。リングの上では、相手にやられ放題だった」

アルフレッドは、ふと周りを見た。すでに夜の帳が、忌まわしいレンガ造りのバラックを包み込んでいる。ヴィクトールは過去への旅を続けている。あらゆる痛みを思い出しているようだった。

一九三二年十月三十一日、ヴィクトールはマンチェスターのカジノ・ベルヴューで試合があった。イギリス人のジャッキー・ブラウンとの世界王者防衛戦だ。

「ミレイユが来たんだ。モデルをしている〈パトゥ〉のジャージーとタフタのドレスを着てね。それまでで一番きれいだった。カメラマンたちが群がって、パシャパシャと写真を撮っていたよ」

ヴィクトールは、最初の五ラウンドまでその才能を発揮した。軽いフットワークを活かして、相手の攻撃を見事にかわしていた。だが、六ラウンドの途中から、ぱったりと足が動かなくなり、身体が反応しなくなってしまった。

「地獄の亡者のように頑張ったんだけどな。胃に連続パンチを受けて、さらに顎に強烈なフックを浴びてしまったんだ。俺は仰向けに倒れた。なんとか立ち上がったが、もうフラフラでぼうっとしていた。だから、トレーナーのレオン・ベリエールが止めに入ったってわけさ」

この試合で、ヴィクトール・ペレスは世界王者のタイトルを失った。パリの新聞からは酷評され、ミレイユのまなざしからは幻滅したという残酷なメッセージを受け取った。誰にとっても、ヴィクトールは再びただの〈スークの少年〉に戻ってしまったのだ。

だが、コーチに励まされたこともあり、ヴィクトールは諦めることはしなかった。ひどい言葉を投げかけてくるやつらを黙らせてやろう、そしてミレイユからの称賛を取り戻すのだ、と決心した。ミレイユのほうは、仕事がうまくいっており、映画界への最初の一歩を踏み出したところだった。

「それで、階級を上げることにしたのかい？」

「ああ、俺はバンタム級に移って、世界王者のパナマ人ボクサーに挑戦した。〈パナマ〉と呼ばれているアル・ブラウンだよ」

〈パナマ〉といえば、見事な伊達男で、シャンパンマニアでもあり、かっこいい車を持ち、きれいな女性たちに囲まれていて、一日五回も服を着替えると噂されている人物だった。そしてヴィクトールと同じように貧しいところから這い上がってきたボクサーで、子どもの心を持ち続けていた。その〈パナマ〉との試合は、まるでコメディのようだった。〈パナマ〉があまりにも強すぎたのだ。〈パナマ〉にとってはゴンドラでのお出かけ程度の楽な試合だったようだ。一方のヴィクトールにとっては、恥をさらす試合となった。そしてそれが、悲しみに満ちた人生における試練の始まりだった。

「ミレイユに対して、俺はものすごく嫉妬深くなってしまったし、独占欲が強くなりすぎてしまった。そんな態度をとっていたら愛する人が少しずつ離れていってしまうのは当然だ。

だが俺にはそれがわかっていなかったんだ。全部俺のせいだよ」

「そんなことはないよ」

アルフレッドは、ヴィクトールのこけた頬に涙が伝うのを見た。ヴィクトールが顔を上げる。

「俺の話で退屈させてしまったな」

「そんなことないよ。それからどうなったんだい？」

「地獄へ落ちた。俺は、ファイトマネーも満足にもらえず、やる前から負けがわかっているような試合ばかりをこなすようになった」

ヴィクトールによると、そのころミレイユは、映画監督のジュリアン・デュヴィヴィエから、ジャン・ギャバンの相手役に抜擢された。『望郷』という作品だ。その後『愛慾』、そして『火のキスをしたナポリ』にも出演が決まった。こちらは大物俳優ティノ・ロッシの相手役だった。

「俺はふたりが稽古しているところを見て、こいつらはできているとわかったんだ」

「何か証拠でもあったのかい？」

「いや。でもピンときたんだ。その二日後、ミレイユは白状して、そして俺を見捨てて去っていった。そのときばかりは本当にノックアウトされたよ。グロッキーだった」

友達がいなかったら、俺はもうこの世にはいなかったと思うよ。そうヴィクトールは言った。友達は最初から、ミレイユにとってはただの遊びで本当にヴィクトールを愛しているわけじゃない、と考えていたそうだ。ヴィクトールは家を手放して、ホテル住まいを始めた。ふさぎ込んだまま、〈屋根の上の牛〉や〈タブー〉などのキャバレーに行って、ミレイユを忘れるためにジャズを聴き、ビル・コールマンやロイ・エルドリッジ、フランキー・ニュートン、デューク・エリントンなどの音色に酔いしれた。ジャズは、すべての悲しみを吸い取ってくれるようだった……。

ヴィクトールの悲しい話を聞きながら、アルフレッドは、心に刻まれているシェイク・レイモンドの歌の歌詞を思い返していた。『僕は足にあるタトゥーを見て、魔法にかけられた。くるぶしに着けたアンクレットの下からチラリと見えたんだ。ひと目で恋に落ちるように、悪意のあるひと言で傷つけられてしまうように、僕は癒えることのない不吉な運命の矢で射られてしまった』

アルフレッドはヴィクトールに意識を戻した。ベルリンでの試合について話し始めていた。一九三八年十一月十日、あの大事件の直後に行われた試合だ。

「あの日、君はベルリンにいたの？」

「俺は金銭的に追い詰められていたんだ」

わずかな金と引き換えに、ヴィクトール・ヤング・ペレスは、ドイツ人マックス・シュメリングとの特別興行の試合を受け入れた。これはナチスが、前に行われた試合――マックス・シュメリング対アメリカ人で黒人のジョー・ルイス——で、ドイツが負けたことに対する報復を狙ったものだった。ヴィクトールは、前の晩に起こっていた出来事をまったく知らなかったので、駅に着いたときには驚いた。通りのいたるところに割れたガラスが散乱し、店は略奪され、ドアは壊され、シナゴーグは焼かれて灰になっていた。〈クリスタルナハト〉と呼ばれることになるユダヤ人虐殺事件が起こっていたのだ。

だがそれでも、その晩の試合にヴィクトールは行った。会場は、ユダヤ人であるヴィクトールに対するひどい侮辱やあざけりの嵐だった。「世界の終わりのような雰囲気だったよ」ヴィクトールが言った。「興奮したSSたちが、ユダヤ人ボクサーのやられるところを見たくて集まっていた。俺はすべての力を出して戦ったが、アッパーカットを顎に受けてしまった。判定で負けたよ。リングを降りたら、そこは本当に悪夢だった」

その十八カ月後、フランス全土は負けを認めることになった〔一九四〇年六月二十二日、ドイツはヴィシー政府と独仏休戦協定を締結。形式的にはフランスにヴィシー政府の主権が残ったものの、半分以上の領土はドイツ軍・イタリア軍によって占領されることとなった〕。それでもヴィクトールは、多くの友人と同じようにチュニジアに戻ることをためらっていた。ドイツに占領され、ユダヤ人への脅迫もあったけれど、過去に達成した偉業ゆえに自分は守られるはずだと信じたい気持ちがあったのだ。そのころはまだ取り調べを受けることもなかった。また、ユダヤ人は黄色い六芒星のバッジを上着に縫い付けて常時着用することを義務づけられていたが、それもしていなかった。もし疑いの目でジロジロと見られた場合には、自分はスペイン人であると主張した。実際、ミドル級王者マルセル・セルダン対〈殺し屋〉ギュスターヴ・ユメリというフランス人対決を観戦することもできたくらいだった。「このころ、ミレイユは俳優のティノ・ロッシと別れて、ハンサムなドイツ人将校のビル・デスボクと付き合い始めたんだ」そう言って、ヴィクトールはため息をついた。「新聞でふたりの写真を見たんだけど、とても仲よさそうだったよ」

その後のことは、アルフレッドは聞かずともわかりすぎるほどわかった。フランスのあちらこちらで、同じようなことが起こっていたからだ。一九四三年九月二十一日、ヴィクトールは三人の親独義勇軍兵士の訪問を受けた。ユダヤ人の逮捕がますます増えてきたため、いよいよフランスから脱出するしかない、と何人かの友人と計画していたところだったのだが。ヴィクトールは懸命に説明したものの聞き入れられずに逮捕され、尋問され、ドランシー収容所へと連れて行かれた。

「俺たちは、フランスとドイツの公務員を買収できるという医者とコンタクトをとっていたんだけどな。プティオ先生[23]とかいったかな……」

ドランシー収容所では、ヴィクトールはすぐに収容者や看守たちから知られるようになり、〈チャンピオン〉と呼ばれた。

「僕も同じだよ」アルフレッドは苦笑いした。

「退屈と不安を紛らわせるために、俺はボクシングのまねごとをやったよ。ここと同じようにね。そして十月七日に、ボビニー駅で列車に乗せられてここに連れてこられた」

ヴィクトールは顔を上げた。目にはまだ涙が光っている。
「話は終わりだ。忘れてくれ」

一九四〇年六月、パリ

アルフレッドは徴兵され、ジョアンヴィルの部隊に入った。一流のアスリートたちが集められるところだ。そこで数カ月間過ごしたあと空軍に配属され、そして数カ月後には、ポールをパリに残したまま、アルジェリアのセティフにあるアイン・アルナ隊に送られた。仲間たちと同様、アルフレッドも自分の義務を果たす心づもりだった。だが、競泳選手だったからか、前線に行くことはなかった。そのまま除隊になりパリに戻ることができたので、コンスタンティーヌに住む家族も安堵していた。

だが最悪の事態が訪れたのは、それから間もなく、とうとうドイツとの戦争が始まり、ドイツ軍の戦車部隊が国境を突破してきた直後だった。戦車隊は周囲を破壊しながら進軍しパリに入ってきたのだが、そのときの戦闘に弟のロジェが巻き込まれてしまい、命を落としたのだ。ロジェは一瞬にして、多くの名もなき犠牲者のひとりとなってしまった。家族のショックは大きかった。殺されたロジェは、何が起こったのかまったく理解できなかったに違いない……。

アルフレッドは、自分の身体の一部がなくなってしまったような気がした。母親が若くして亡くなってしまったときと同じ感覚だ。兄弟三人で写っている写真を眺めると、皆ユニフォーム姿で誇らしげに笑っている。自分とロジェはまるで双子、あるいは分身のように見える。アルフレッドは、父親がいつも唱えていたお祈りを思い出した。『神よ、私たちを慰めたまえ。シオンとエルサレムのすべての悲しみに沈む人々と共に』そして、それを繰り返し唱えた。本当に信じることができないままに。

人通りの途絶えたパリの街に立つ凱旋門の上に、ナチスの旗が風にはためいている。満員のスタジアムであらゆる国の人々がヒトラーの前を行進したのは、わずか四年前のことだ。それが今は、ヒトラーにひざまずいている。すべてのフランス人と同様、アルフレッドも、ペタン元帥が震える声で反抗をやめドイツに従うよう命じるのをラジオで聞いた。『それがあなたたちのためだ』そうペタン元帥は言う。だが、それが新たな始まりだったと、おそらくあとになってわかるのだろう。そう、悪夢の始まりだ。アルフレッドにはわかっていた。ナチスに従うということは、ユダヤ人にしてみれば、消えてなくなることを受け入れるということだ。根絶やしにされるということなのだ。

トレーニングをしているレーシング・プールの雰囲気は、おぞましいものだった。ジャック・カルトネは成績不振にもかかわらず、まるで試合に勝ったかのようにご機嫌な様子だ。そして指導陣たちは何やらひそひそと話し、嫌な目でこちらを見てくる。アルフレッドはいたたまれない気持ちになった。

「君にとってますます面倒な状況になっていくぞ、アルフレッド」エルマンコーチが言った。

「ユダヤ人は標的になっている。慎重に行動するんだ」

家では、ポールも慎重に振る舞うよう言ってきた。

「社会情勢についての話はダメよ。おどけてみせるのもダメ。もっともっと泳いで、もっともっと速くなるのよ。自分を守るためには、それが一番いい方法だわ」

だが多くの新聞では、脅迫するような論調が、どんどんあからさまで直接的なものになっていった。例えば『オー・ピロリ』誌という〈ユダヤ・フリーメイソンに対する闘争〉を標榜する週刊誌があるのだが、その雑誌は最も辛辣なもののひとつだった。ここに至っては、もう友人のエミールも不安を隠そうとはしなかった。夜、オーベルヴィリエ〔パリ大都市圏北部の町〕の河岸にある事務所に会いに行くと、エミールが新聞記事を差し出してきた。そこにはこう書かれていた。『はたしてユダヤ人に、国際試合の場でフランスのユニフォームを着させていいのか?』アルフレッドは、思わず新聞を落としてしまうほどびっくりした。

「まさかそんなことにならないよな?」エミールが言う。

「いや、なるんだよ。歯車は回り始めたんだ」

そして予感は当たった。一九四〇年十月七日、〈クレミュー法〉を廃止するという決定がなされたのだ。これにより、アルジェリアのユダヤ人に与えられていたフランス市民権は、剥奪された。突然、何者でもなくなってしまった。フランス人でもなく、アルジェリア人でもなく、ただのユダヤ人だ。よくないことばかりの中、さらにひどいことが起こった。アルフレッドは国民教育省からの公式な通知を受け取ったのだが、そこに書かれていた言葉は、ギロチンの刃のように鋭く心に突き刺さった。国民教育省は、『ユダヤ人としての社会的地位に鑑みて』アルフレッドにはもう体育教師として授業をする権利がない、としたのだ。学校で教えることは、アルフレッドにとって何よりも大切なことだった。今まで獲得してきたトロフィーよりも価値のある仕事だった。これ以上素晴らしい仕事はないと思っていたのに……。

その翌日、今度はポールが、同じ侮辱的な通知を受け取った。夜になると、アルフレッドは、居間の窓際に置かれた青いソファでポールと抱き合いながら、通りの喧噪を見るともなく見ていた。言葉は交わさず、ただ涙が頬を流れるに任せた。

そのころ受け取った両親からの手紙には、ふたりのことを思って不安にかられる気持ちが綴られていた。そして、アルジェリアにいる自分たち自身や、いとこ、友人たちのことも心配していた。父親のダヴィッドは、解雇されることを恐れていた。義母のローズは、朝から晩まで恐怖を感じていた。通りや市場やあちらこちらで、罵倒されることがますます増えているという。アラブ人からユダヤ人への悪口はだいぶ前からあったが、それに加えて、フランス人も公然と反ユダヤを口にするようになっていた。子どもでさえ侮辱してくるありさまだった。

一九四一年一月

「今回こそはここを離れるんだ、アルフレッド。パリは危険すぎる」ジョルジュ・エルマンコーチが、手にしていた『ル・ミロワール・デ・スポール』誌を本棚に戻しながら、ため息をついた。

「でも、どこへ行ったらいいんです？」

コーチは微笑んで煙草に火を点け、こちらの肩に手を置いた。

「トゥールーズだよ。俺たちの友人であるドルフィンズ水泳クラブに行けばいい。あそこは、我々にとっては友人だし、うちのクラブを除けば一番だ。トレーナーのアルバン・マンヴィルに連絡しておいたよ。君のことを喜んで迎えてくれる」

パリを離れる。つまりそのくらい事態は深刻ということだ。コーチの事務所を出るときには、アルフレッドは不安でいっぱいだった。どうしてそんなに急がなくてはならないのだろう？　コーチは、何かこちらに話していないことがあるのだろうか？　その疑問は、翌日に解決した。というのも、コーチのアシスタントであるマダム・メルシエが、声を潜めてこう言ってきたからだ。

「アルフレッド、今まで黙っていたけれど、実はジャック・カルトネが反ユダヤ雑誌の編集長をしているの。あちこちに出入りしていて、ユダヤ人問題総局にも顔を出しているわ。カルトネはあなたをつけ回して、行動を記録し、知人関係を調べ、読んでいるものをチェックしている。エルマンコーチの言っていることは正しいわ。ここはあまりにも危険すぎるのよ」

マダム・メルシエは白髪をシニョンにまとめたチャーミングな女性だ。ユダヤ人ではないので自身に被害は及ばない立場だったが、こちらのことをとても心配してくれている。そしてその言葉は、腑に落ちるものだった。疑問に納得がいったのだ。数週間前から、反ユダヤ主義における『すべての人種は平等ではない』という理論の証拠として、スポーツがテーマに使われていた。ボブスレーの選手であるジャン・ドゥヴァンによると、『不器用でのろま、あるいは体つきが貧弱』で、ユダヤ人はスポーツをするのには不向きであるのだそうだ。『肉体的には弱すぎるし、精神的にはだらしがない。生まれつき、身体を鍛えるための努力ややる気に欠けているのだが、これはユダヤ人がそういう徳性を持ち合わせていないからだ』他にもこんなことを書いている。『偉大なチャンピオンの中にユダヤ人はいない。あるいはほとんどいない』あるいはほとんど……。ならばアルフレッド・ナカッシュやヴィクトール・ヤング・ペレスの偉業[24]はどう考えたらいいというのか。確かにここを離れるべきときがきたのだ。そうアルフレッドは思った。ゲシュタポから逃れて生活を立て直す。そして新しい競泳クラブに入る。快適で温かく迎えてくれるという街を目指そう。マダム・メルシエが言っていた。「トゥールーズは〈バラ色の街〉と呼ばれているのよ。ポールと一緒に気持ちよく暮らせるわ。でも、注意は怠らないでね」バラ色の街……。この名前から、先行きが明るいことを信じたい。そうアルフレッドは思った。

＊＊＊

パリから離れる日はエミールがふたりを駅まで送ってくれることになり、朝早くにセバストポール通りまで、愛車のシトロエンで迎えに来てくれた。いつものように鼻の上に丸眼鏡を載せ変わらない笑顔を見せてくれていたが、エミールの心の中が悲しみでいっぱいなのをアルフレッドは感じていた。隠そうとはしているが、やはりわかってしまうものだ。アルフレッドもまた、親友と遠く離れてしまうのが辛かった。ポールもアルフレッドも、ほとんど何も持たずに出てきていた。カバンがひとつずつだけだ。大切な車シムカは、エミールに預けた。公式発表では、アルフレッドはトゥールーズで競泳の研修を受けるということになっている。駅に向かう車の中は静かで、皆、非常線や監視の目がないか辺りに注意を払っていた。エミールは一番いい道を選んでくれていたが、道路工事に出くわしてしまった。

「大丈夫、心配しないで」

その言葉通り、ギリギリではあったが列車には間に合った。出発の十五分前に駅に着き、アルフレッドはポールと共に大きなカバンを持って降りた。別れを惜しむ時間はなかった。外は恐ろしく寒い。エミールと次に会えるのはいつなのだろう？ そうアルフレッドは思った。

トゥールーズ、ドルフィンズ

トゥールーズのＴＯＥＣ（トゥールーズ・オリンピック・アンプロワイエ・クラブ）、ドルフィンズ水泳クラブは、グラン・ラミエ島にあり、ヨーロッパ一の大きさを持つ百五十メートルの長さの屋外プールの他、冬用にふたつの屋内プールを備えている。ドルフィンズは、その名にふさわしく、水の中でのトレーニングに熱心な人たちが集まっていた。アルフレッドは、コンスタンティーヌのシディムシド・プールで出会ったファビアンを思い出した。水恐怖症を追い払ってくれた恩人だ。

ファビアンはトレーニングをしていたというこのクラブのことを話し、大好きな場所だと言っていた。プールは、スイマーたちの力強いキックで水が泡立っている状態だ。緩やかだが規則的なうねりが生まれ、まるで海で泳いでいるかのような印象を受けた。とくに感動したのは、すべてのアスリートたちが心からの友情で結ばれているように見えることだ。水に入り、互いにアドバイスをし合っている。そして夜には、週に一度か二度、キャピトル広場のおしゃれなカフェ〈ル・ビバン〉に集う。チームワーク・スピリットで固く結束した仲間を、コーチのマンヴィルがしゃがれ声で励ましていた。コーチが純粋な信念を持っていることが感じられる。

マンヴィルコーチは、バタフライのスペシャリストで第一人者であり、手足の動きを体系化する理論を作り上げた人物だ。見事に対照的だな。そうアルフレッドは思った。パリのレーシング・プールでは、ライバル関係を意識してピリピリした雰囲気だった上、試合に向けての闘志がありすぎるせいで陰険な悪口まで聞こえてきたというのに。アルフレッドは初日から、ここにいると気分がいいことを実感した。まさに快適だ。

「君は戦士だよ、アルフレッド。君の力の源は、その筋力もあるけれど、精神力が大きいね」

マンヴィルコーチもまた、泳ぎを矯正しようとはしなかった。ほとんどのジャーナリストはスポーツの動きは美しいものでなければならないという固定観念を持っている。だがマンヴィルコーチの指導は、最大限の速さを実現しようとするものだったので、矯正せずに身体のバランスをとるようにしたり、あるいはよけいに理想のフォームからはみ出したりするものだった。スプリンターととらえてくれているのだろう。そうアルフレッドは思った。コーチが用意してくれた練習メニューは、泳法を組み合わせた百メートルを何度も泳ぐというものだ。百メートルの内訳は、バタフライ二十五メートル、平泳ぎ二十五メートル、バタフライ二十五メートル、そして無呼吸のバタフライ二十五メートルだった。

プールで泳いだあとには、たっぷり二時間ほど筋肉強化のトレーニングを課された。そこでとことん身体を追い込んだ。アルフレッドは、トレーニングとして行うあん馬も泳ぐことと同じくらい気に入ったし、つり輪も、突っ張った腕の関節が抜けそうになったがやはり好きだった。そんな厳しいトレーニングを続けることができたのも、ジャニー一家が温かく受け入れてくれたおかげだ。ジャニー家は、ドルフィンズ水泳クラブのあらゆることを請け負っていて、プールの水質管理、ロッカールームやトレーニングルームの衛生管理、プールのある公園や樹齢百年の木々の手入れなどをこなしていた。住んでいるのは、ラミエ島のスポーツセンター入り口近くにある小さな一軒家だ。ジャニー家にはアレックスという息子がいて、競泳の大会に出場し始めたところだった。十六歳になったばかりだが、力をつけてきている。あの子は絶対にすごいところまでいくと思う、と母親のカティは嬉しそうだ。そのカティに、ポールはとてもよくしてもらっていた。トゥールーズを一緒に見て回ったり、おすすめの店を紹介してもらったり、またガロンヌ川沿いの散歩道を教えてもらったりしている。アルフレッドにとっても、カティは亡くなった優しい母親のようだった。カティの穏やかで好意的な言葉のおかげで、ここでの生活を好きになることができた。

ほどなくして、アルフレッドはジャニー一家から、アカデミーという名のジムについての情報を聞いた。何でも責任者がもうすぐ退職するとのこと。場所は、街の中心地フィリップ＝フェラル通りにある。ポールとアルフレッドは、ふたりとも体育教師の資格を持っているので、これは願ってもないチャンスだった。雇ってもらえれば生活の糧を得ることができるし、競技に備えて万全の体調を保つためにも都合がいい。幸い、マンヴィルコーチと水泳クラブの幹部がふたりを後任に推してくれ、採用してもらえることになった。ジムは鉄筋レンガ造りの四階建ての建物で、天井が高く、大きなガラス窓はナザレット大通りに面している。器材の数はそれほど多くはなかったが、ジムとしてやっていくのに十分なものだ。採用が決まると、ポールやジャニー家のメンバーが見ている前で、アルフレッドは天井から吊るされている結び日付きロープを手に取り、四回ほどの手の動きだけで天井にタッチした。そして我慢できずに、ペロリと舌を出して見せた。

一九四一年の春は、アルフレッドとポールにとって嬉しい季節となった。きれいなアパルトマンに住めるようになり、いつも人でにぎわうジムで働くことができ、そこでトゥールーズの人たちと仲よくなる機会があった。まるであの懐かしいユダヤ人のコミュニティにいるときのようだ。そして一番の喜びは、ポールの妊娠だった。ある晩、帰ってくるなりポールが腕の中に飛び込んできて、少し丸くなったお腹を触りながら、こちらの目をのぞき込んで言った。

「アルフレッド、パパになるのよ。九月の初めですって」

嬉しさのあまり、アルフレッドはポールを抱いたままクルクルと回った。まるで世界が自分たちのものになったような気分だった。ふたりの間にあるこの確かな未来に、酔いしれる。ドイツ軍の軍靴の音が近づいてきているのは感じていたけれども、幸せなこのときが続くことを願った。翌日の朝早く、アルフレッドは両親に電報を打った。『小さなナカッシュ家のメンバーがもうすぐ目の前にやってきます。かわいいチャンピオンはまだ水の中で泡に包まれていますが、あなたたちにたくさんのキスを送ります。大好きなお父さん、お義母さんへ、アルフレッド』

アルフレッドは、エミールにも電話をして、この嬉しいニュースを伝えた。甲高い声でまくし立てるエミールの様子からは、とても喜んでくれているのがわかる。

「まったくラッキーだよ！　トゥールーズの太陽の下で暮らせるなんて。パリはもう真っ暗だよ。夜間外出禁止令が出ているし、ドイツ人がパトロールしているし。わかっているだろうけど」

エミールはそれ以上のことは言わなかった。喜びを損ねたくないと思ってくれたのだろう。

だが、もちろんアルフレッドにはわかった。何と名付けられているのかは知らなかったが、ユダヤ人に対する措置はますます増えていっているのだ。親独派の協力を得て行われているもので、用心深くならざるを得ない状況だった。

「心配しないで、エミール。僕はいい人たちに囲まれているし、我らがスポーツ教育長官、ジャン・ボロトラが守ってくれるからね」

「よかったよ、アルフレッド。プールの中で輝き続けてくれよな。タイトルを取ってほしいな」

エミールが子どものように笑って電話を切った。

ヴィシー政権下でスポーツ教育長官を務めるジャン・ボロトラは、フランステニス界における往年の名選手で、〈飛び跳ねるバスク人〉とあだ名されたり、また他の三人の選手と共に〈四銃士〉と呼ばれたりしていた。アルフレッドは、理解あるボロトラのおかげで、危険を感じずに済んでいる。「泳げ、アルフレッド。何も考えずに泳ぐんだ」そう自分に言い聞かせた。すると、実際に五月になるとスポーツ教育庁から電話があり、ボロトラからフランス代表選手団の一員として北アフリカへの遠征に加わるように言われた。エミールの言うとおり頑張っていてよかった。アルフレッドは、追放された楽園への切符を手に入れたような気がした。遠征はアルジェリアを通るので、そのとき家族に会えるだろう。妊娠しているポールを残していくのは心配だが、カティが任せてと言ってくれた。「ポールのそばにいるし、もしよかったらうちに泊まってくれたらいいし。スポーツセンター公園の端にあるんだからね」と安心させてくれた。

アウシュヴィッツ、兄弟の名において

アウシュヴィッツ第三収容所〈モノヴィッツ〉では、マルセイユっ子のジェラールが、医療棟に行く許可を得てやってきた。手のひどい傷を診てもらいたいと懇願したのだという。だが、ジェラール曰く「本当の目的は、ひとときでもアルフレッドのそばで過ごしたかったから」とのことだった。ジェラールはまだ持ちこたえていた。なので、診察室でいつも行われている〈選別〉を受けるリスクはほとんどないと思われた。〈選別〉はいつも同じやり方だ。ナチスの医者が、収容者に脚を開いて前屈みになるように命じ、痩せた臀部を計る。痩せすぎていると判断されたら、ガス室行きだ。いったいどれくらいの収容者たちが、ただ薬をもらいたいと思って、あるいはガーゼを取り替えてほしいと思って医療棟へ行き、その結果自らの死刑判決にサインすることになってしまったのだろう。ジェラールが医療棟へ行くのを許可したのは、区画の料理人だ。この男はフランドル出身の前科者で、とんでもないサディストだ

った。だが、どうしてなのかはわからないが、ジェラールを自分の掃除夫に選び、収容者たちに夜の食事を配ることもさせた。ジェラールはそのおかげで、料理人に命じられた皿洗いが終わると、残り物を口にすることができたのだ。

他の収容者と同じように、ジェラールも、ここモノヴィッツに着いてからずっと同じ囚人服を着続けていて、絶えずシラミに悩まされている状態だった。だができるだけそれに対処しようと毎日雪で身体を洗っており、その習慣と、食べ物が余分に手に入るおかげで、身体の状態はかなりマシなほうだった。この日、ジェラールがアルフレッドを訪ねてきたのは、自分のことを話すためでも故郷マルセイユのことを話すためでもなく、兄のピエールのことを話したいからだった。どんどん衰弱しているピエールが、心配でたまらないようだ。

「僕はもうどうしたらいいのかわからない。目はうつろだし、ぐったりしているんです」

「お兄さんと話をすることはできるのかい？」

「どんどんできなくなってきていて……。たぶん兄はすべてを終わりにしたがっているんだと思います」

アルフレッドは、ピエールのように衰弱していく人を今までにも見たことがあった。奇妙なことだが、アウシュヴィッツではこのような収容者を〈イスラム教徒〉と呼んでいた。そして、こうなってしまったら、何をもってしても、誰が関わったとしても、わずかばかりの生きる力さえ与えることができないのだ。ましてや希望を持たせることなど不可能だ。

「お兄さんに話しかけ続けてみて。子ども時代のこととか、マルセイユでローラースケートを履いて競走したこととか、海辺で見かけて声をかけた女の子のことなんかを話すんだ。たとえそれがもう何の役に立たないとしても、話しかけてあげて」

もう何の役にも立たない。まさにそのとおりになってしまった。数日後、ジェラールは、兄が苦しそうに医療棟に行くのを見た。トロッコに足を轢《ひ》かれてしまったのだ。ピエールはすぐさま〈選別〉された。アルフレッドはその場にいなかったのだが、あとでジェラールが抑揚のない声で話してくれた。

「僕はピエールが向こう側へ連れて行かれてしまうのを見ました。素っ裸で出てきた兄は、ずだ袋のようにトラックへ投げ込まれました。そのとき、ピエールが手で小さく合図を送ってきたんです。それは僕に『これで解放される』と言っているかのようでした。でも、ピエールはここにとどまるべきでした。いつか、ここで起こっていることを語るために」

一九四一年六月、北アフリカのふるさとへの帰還

雲の上を飛ぶ双発機の中で、アルフレッドはふたりのアスリートの隣に座っていた。名前は有名でよく知っているのだが、実際に会うのは初めてだった。そのうちのひとりジャン・ラランヌは陸上長距離のエースで、一万メートルのフランスチャンピオンだ。生まれも育ちもピレネーという生粋のピレネー人とのことで、温泉で有名なトゥールーズ近郊のバニエル＝ド＝ビゴール出身だった。もうひとりは、陸上八百メートルのフランスチャンピオン、マルセル・アンセンヌで、北部ノール県の織物工業が盛んな都市ルーベー出身とのことだった。

大会が行われるカサブランカは、モロッコ最大の都市で大西洋に面している。アルフレッドにとって初の訪問だったが、それはマルセルにとっても同じだったらしい。北アフリカに興味津々のマルセルに、アルフレッドは故郷アルジェリアのことを話して聞かせた。首都アルジェにある現地人居住区の魅力や、ルーメル峡谷の浮世離れした美しさ、水恐怖症を克服した温泉プールなどについてだ。また、フローラルウォーターを作る春のお祭りについても話した。この祭りでは、アラブ人とユダヤ人は、蒸留器を使ってオレンジ花水とバラ水を作

る。何よりとても陽気な雰囲気の祭りなので、子どものころは大好きだった。地元では〈バラの日〉と呼ばれている。

「市場で、白いオレンジの花とバラの花びらを何袋も買って、銅でできた蒸留器に入れ、エッセンスを取り出すんだ。家中が花の香りに包まれるんだよ」

「そのフローラルウォーターで何をするんだい?」

「バラ水は、薬や化粧品として使うんだ。オレンジ花水は、コーヒーに入れたり、お菓子の香りづけに使ったりするけど、ユダヤ教のお祭りのときにも使うよ。ユダヤ人は〈幸運の水〉と呼んでいるんだ。祖母がシナゴーグから出てくる信者たちに振りかけているところを、見てほしいな」

マルセルは、自分の知っているものとは全然違うオリエンタルな雰囲気を早く体験してみたい、と思っているようだ。こちらがユダヤ人であることに対して不愉快になっている様子はまったくなく、むしろその反対に見える。実際、そんなことは考えてもいないのだろう。

マルセルのほうも、嬉しそうに自分の故郷の話をしてくれた。

「フランス北部だから、たぶん君のところよりも自然は厳しいだろうな。太陽もそんなに出ないしね。でもね、太陽が頭の上にないときには、心の中にあるからね」マルセルはそう言って笑った。飛行機は地中海上空を飛んでいる。マルセルの話は、出身地ルーベーの旧市街や、赤レンガでできた労働者たちの家、そこにある中庭、そして十年ほど前にできたすごいブールのことなどに及んだ。

「このプールを知っているかい、アルフレッド？」

「よく話題に上がっているのは知っているけど、まだ泳いだことはないな」

「このプールはね、修道院をモデルにして作られているんだ。どういう意味なのかというとね、建物の内部が教会のようになっていて、大きなプールの両側にはステンドグラスがあるんだよ。ステンドグラスには、片方には日の出、もう片方には日の入りが描かれている。素晴らしいよ。そしてなんと言ってもこのプールのすごいところは、金持ちの子どもたちと貧しい子どもたちが出会えるただひとつの場所だってことだよ」

マルセルは、アルフレッドと同じように故郷に愛情を持っており、饒舌だった。プールにはステンドグラスの他に「泳ぐ人たちの食堂」もあるのだという。ここは本当に楽しいカフェで、炭鉱労働者たちが喉の渇きをいやし、地元の歌を大声で歌う。そう話すと、今はパリに住むマルセルが懐かしい歌を歌い始めた。「眠れ、私の小さな子、私の小さなひよこ、私の大きなブドウ……〔ピカール語の歌。一八七〇年の普仏戦争に向けて出発する北部の兵士の行進曲となった〕」アルフレッドは、この歌を聴いたことはあったが、フランス北部の人たちがみんなで歌う歌だとは知らなかった。コンサート会場のスターと化したマルセルを、前の席に座っていたボロトラが大笑いしながら振り向いて見る。

「君たちふたりは、ずいぶんと気が合うみたいだな」

通路を挟んで反対側に座っていたボクシング界期待の星マルセル・セルダンが、拍手喝采していた。

フランスを出発するときには、華々しく見送ってもらった。そのおかげか、試合へのプレッシャーを忘れることができたし、何よりも、母国フランスが半ばナチスに服従し、老元帥フィリップ・ペタンが行っている統制経済のせいで傷ついているという現実から目をそらすことができた。

カサブランカで大会に出たあとは、待ち望んでいたアルジェに立ち寄る。ナカッシュ一族は勢ぞろいし、ヒーローが帰ってきたと喜んでくれた。こうしてまた会えることは本当に幸せだ。一般の人たちも、地元出身の有名な競泳選手を見ようと、アルジェ湾沿いの中心にあるサブレット・プールに集まっていた。階段状の観客席はいっぱいだ。

老若男女が、晴れ渡った太陽の下、時間よりも早く来て待っており、アルフレッドにはロッカーにいるときから、待ちきれないと言わんばかりの口笛と、自分の名前がコールされているのが聞こえた。イベント主催者が指し示すほうに目をやると、女性グループが『アルフレッド、みんなあなたを愛しているわ!』と書かれたプラカードを振りかざしているのが見える。アルフレッドは、舞台に出る前のこの一瞬をじっくりと味わった。ポールと、生まれてくる子どもがここにいないことが残念だった。息子か娘かはわからないが、自分を温かく迎えてくれる人々が大勢集まるこの場に、我が子が一緒にいられたらよかったのに。スピーカーの声で、思考は中断された。

「皆さん、我々の偉大なチャンピオン、世界で最も優れた競泳選手のひとりであるアルフレッド・ナカッシュを、盛大な拍手で迎えましょう！」

アルフレッドはアリーナへ出ていった。観衆が一斉に立ち上がる。両親や弟たちもいた。チームメイトたちもいた。胸にフランス国旗があしらわれた白いユニフォームを着ている。アルフレッドは飛び込み台の上に立ってペロリと舌を出すと、さして考えることもなくすぐに冷たい水に飛び込んだ。これは即興のデモンストレーションで、タイムが計られているわけではない。だが、とにかく速く泳ぎたかった。アルフレッドは全力を尽くした。手、上半身、脚を猛スピードで動かして、プールの中の戦士という評判を証明する。水から上がると、歓声の中、あまり危ないなどとは考えずに濡れた床の上でジャンプした。義母のローズが腕の中に飛び込んでくると、一斉にフラッシュがたかれる。アルフレッドは、まるで最後の一分に予期せぬゴールを決めてみせたレッドスターの選手になったような気がした。自由へのゴール、勝利のゴールだ。

その晩、親戚と何人かの友達が集まって、アルジェ湾のアーケードで食事会を開いてくれた。ふざけ合い、たくさん笑った。少し過剰なくらいに。それはまるで、将来への不安や恐れを祓う儀式のようだった。少しずつ会話から外れて考え事をするようになってきたころ、アルフレッドは祖母のサラから手を握られ、はっと我に返った。祖母は、伝統的なユダヤ＝

アラブの衣装を着てアルフレッドの左隣に座っていたのだが、こちらの口数が少なくなったことに気がついたらしい。握る手にはもう力強さがなく、目も日に日に悪くなっているようだった。その祖母が耳元に顔を寄せてささやきかけてきた。「アルフレッド、この楽しい日々のことを胸の奥にしっかりと刻んでおくんだよ。受難の日のためにね」おばあちゃん、それはいったいどういう意味なの？

アウシュヴィッツ、死よりも速く泳ぐ

アウシュヴィッツでは、ナチスが関心を持つような才能がある者は、特別待遇を受けることができる。ウイリー・ホルトもそのひとりだった。若い画家であるウイリーは、エロティックなスケッチを描いてみせることで、自分が役に立つ人間であるとアピールした。いくつか作品を見せて興味を引き、今は注文に応じて淡々とポルノ画を提供している。そのおかげで、ウイリーはバラックではなく医療棟で眠ることができ、食事の量も増やしてもらえるようになった。ウイリーの想像力は底なしで、参謀部の連中を卑猥な幻想に引き込むのに十分だった。将校のシュトラウスがそっと耳打ちしてきたアイデアから、ウイリーは風変わりな

漫画を思いついた。ブーツを履いた兵士がズボンを膝まで下ろして四つん這いになり、鞭を持った女主人のしもべになる、というものだ。

これがドイツ人たちを大喜びさせたのは明らかだった。だがひとつ間違えば、やつらの怒りを買い、地獄のバラック行きとなったかもしれない。あるいは、大笑いしたドイツ人に銃で頭をぶち抜かれておしまい、という可能性もあった。そして実際そのような運命をたどったのが、アクロバット芸人のアクセルだ。アクセルは、ホモセクシュアルだったためにアウシュヴィッツに連れてこられたのだが、芸を披露した際に少しばかり司令官に近づきすぎてしまった。見世物が終わると、ドイツ人たちは煙草をくわえたままアクセルを外に放り出し、機関銃で撃ち殺した。

ウイリーと同様、アルフレッドも自分がぴんと張られたロープの上にいると感じていた。あるいは頂きのてっぺんだ。ちょっとしたことでたちまちバランスを崩して、頭から落ちてしまうかもしれない。とはいえ、アルフレッドはそれが運命だと諦めたわけではなかった。湧き上がる怒りが強すぎて、とてもじゃないが運命だと受け入れることなどできない。確かに耐えなければならない屈辱はある。もし耐えるのを拒否すれば、チャンピオンとしての存在感があってもなお殺される危険があるのだから。貯水池の底からナイフをくわえて上がってくるテストは、心に深い傷を残した。だが、あのことがあってから、より気持ちが強くなったと思う。生きたい、闘いたいと思うようになった。

そんなこともあって、七月のある日曜日、アルフレッドは、十六歳の収容者ノア・クリーガーにとんでもない冒険の提案をした。消火用に設置されている貯水池に入って泳ぐというものだ。警備員に見つからないように水に入り、泳ぐ。とにかく泳ぐ。娯楽がなくて退屈しているSSのために、サーカスの動物代わりにされるのではない。純粋に泳ぐのだ。ただ水をかき分け、自由を感じるために。

監視人を出し抜くというそのアイデアに、ノアは大喜びした。水泳は得意なんだと請け合った。アルフレッドは、決行の前の晩、医療棟の外にあるトラックの陰でノアと話をした。広い額と生き生きした瞳を持ち、いたずらっ子といった雰囲気のノアは、どうやら子どものときから怖いもの知らずだったらしい。今まで暮らしたのは、ストラスブール、ルクセンブルク、そしてベルギーのアントワープだった。ユダヤ系ポーランド人の父親アブラハムは厳しい人で、ジャーナリストであり、作家でもあった。学校では、ノアはけんかっ早く規則を守らない子どもだったが、勉強はできた。そのため、飛び級したし、十一歳でドストエフスキーやトルストイ、ビクトル・ユゴーをむさぼるように読んだ。詩人のシラーやゲーテ、バイロンも好きだった。ちゃんと理解できたわけではなかったが、気にしなかった。高校では〈ルナール〉というグループのメンバーになった。これはシオニスト〔ユダヤ民族主義者〕の若者たちの集まりで、サッカーや水泳、ドッジボールなどのスポーツが得意な人たちばかりだった。ホラ〔バルカン半島由来の輪舞の一種〕やチェルケシア〔ロシア民謡のチェルケシアにユダヤ人が振り付けして踊るダンス〕などのダンスのエキスパートもいた。

一九四〇年五月には、ドイツ軍が迫ってきたため、ノアは逃げざるを得なくなる。家族と共に十キロ歩いて、ダンケルクまで行った。だがダンケルクはドイツの急降下爆撃機シュトゥーカによる空襲のさなかだった。この恐ろしい戦闘機は、垂直に降りてきて死をまき散らす。サイレンが鳴り響く中、まるでハイエナのように見えた。

「そんな体験をすると、生き残ったときには自分は無敵だと感じるよ」そうノアは言った。

爆弾の雨の下、ノアは浜辺からイギリス兵が船で脱出するのを手伝った。それから、両親と共にドイツ軍に追われるようにアントワープへ行き、数カ月後には、他のユダヤ系外国人と共にベルギーの小さな町ヘンクへ移った。そこで父親のアブラハムがゲシュタポに逮捕され、ブレーンドンク収容所へ連れて行かれてしまった。

「だから僕は、一か八かの勝負に出たんだ」ノアが笑って言った。「フォン・ファルケンハウゼン将軍に長い手紙を書いた。ベルギーと北フランスのドイツ軍司令官だよ。手紙には『僕の父親は何の罪も犯していません。そして母親は病気なのです』って書いたんだ」

「本当にそんなことをしたのかい?」アルフレッドは声を上げた。

「数週間後に、僕はゲシュタポの司令部に出頭するよう命じられた。そして、上級士官のオフィスに連れて行かれて、『おまえ、自分を何様だと思ってるんだ? よくもまあ軍司令官にこんな手紙を出せたな』って言われた。僕が自分の立場を説明すると、訳のわからない言語で返された。ヘブライ語だったんだ。そして『何だ? おまえ、自分たちの言葉もわからないのか？　変だと思わないか？　ユダヤ人であるお前がヘブライ語を理解できず、ドイツ軍将校である俺がヘブライ語を話せるんだぞ？』って言われた。僕は口ごもって、そうですね、おかしいと思います、ヘブライ語はお祈りで聞いたことがあるくらいです、と答えたよ。将校は『俺はパレスチナ育ちだから、そこで覚えたんだがな。さあ、もう行け。まったくおまえのせいで時間を無駄にした』と言っていた。オフィスのドアにはプレートがかけられていて、それで将校の階級と名前がわかった。親衛隊少佐ヨアヒム・エルドマンって書かれていたよ」

「それからどうなった？」

「信じてもらえないと思うけど、二週間後、父親が帰ってきたんだ。髪は全部剃られてすごく痩せていたけれど、家に戻ってきた。フォン・ファルケンハウゼン将軍は、僕の願いを聞き入れてくれた。奇跡だよ」

と、そのとき、数メートル離れたところで軍靴の音が聞こえ、ふたりはびくっとした。ドイツ兵のグループが少し離れた場所で煙草を吸い始めたので、アルフレッドとノアは押し黙った。煙草の臭いで汚れた空気の中、息を潜める。兵士たちは大声で話し大笑いしたあと、去っていった。ノアがすぐに話を再開する。

父親が戻ってきたあと、ノアは人々を秘密裏にスイスへと出国させる地下組織〈ピオニエ〉に入り、数十人ものユダヤ人の若者を出国させた。そして、一九四二年十月十五日、いよいよ危険が迫ってきたのを感じ、自分もベルギーから逃げる決心をする。だが、フランスとの国境にある町ムスクロンの小さなビストロで、ビールを手に密入国の仲介者を待っていたとき、黒い革のコートを着た三人の男たちが突然入ってきた。ナチスの監視員だった。やつらはいったん外に出るとまた入店してきた。

「そのうちのひとりが僕のほうへ近づいてきて『一緒にトイレに来い』って言ったんだ。どうしてなのかと聞くと、『おまえがユダヤ人なのか確かめたい』と言われたよ。万事休すだった」

「それで?」

「僕はドイツ語でこう答えた。『確かめなくてもいいよ。まさしく僕はユダヤ人だ。あなたたちが忌々しいドイツ人であるのと同じようにね。どっちにしろ、ナチスドイツは戦争には勝てない。最後にはコテンパンにやられることになる』ゲシュタポのやつらは、僕の予測についてどう思うかを、殴る蹴るの行為で示してくれたよ」[25]

　アウシュヴィッツに来てからも、ノアはその持ち前の闘争心をまったく失わなかった。ナチスが収容者の中でボクシングがうまい者はいないかと尋ねたとき、ノアは手を上げた。一度もグローブをつけたことがないにもかかわらずだ。どうやってボクシングができることを証明したのか? ノアが説明した。「トレーニングルームの隅で、ヴィクトール・ヤング・ペレスがジャブやフックをやっているのを見て、まねたんだ。僕は頑張ってできるふりをした。キャバレーのダンサーみたいに見えるんじゃないかと怖かったよ。でも、ドイツ人は僕を信じた。小さな奇跡がまた起きたんだ」この少年はまったくもって他とは違う。アルフレッドはそう思った。

＊＊＊

この信じられないような大胆さをもってすれば、貯水池で泳ぐという提案にノアが喜んで賛同したことなど驚くにあたらなかった。アルフレッドはノアと一緒に、泳いでいるときに危険を知らせてもらう仕組みを作り上げた。パトロールはいつやってくるかわからない。仲間たちに、貯水池周辺のここぞというポイントにいてもらい、誰かが現れたときに知らせてもらうことにした。協力してくれるのは、レオン、ジェラール、ヴィクトール・ペレス、そしてシャルルだ。シャルルは建築を学ぶ学生で、建築分野で奨学金がもらえるローマ賞を取ることを夢見る若者だった。この見張り役のメンバーを、アルフレッドは〈ドルフィン〉あるいは、みんなフランス語話者だったことから、フランス語を話す人を意味する〈フランコフォンヌ〉と呼んだ。

いよいよ決行のときがきた。貯水池に着くと、アルフレッドはノアと一緒にためらうことなく囚人服を脱ぎ、ドボンと水に飛び込んだ。ああ神様、なんて素晴らしいんだろう……。それは特別な感覚だった。ノアとの距離が開かないよう、ゆっくりとクロールで泳ぎだす。

仲間たちが見守ってくれている中、ふたりは何往復も泳いだ。そして池の端につかまったまま、なかなかそこから出て帰る気にはなれなかった。

ふたりは、できるだけ長くこの幸せな幻想に浸った。僕たちはまだ人間なんだ、と自分に言い聞かせる。「ノア、僕たちはこうして泳ぐことで、まだちゃんと感情がある人間なんだということを証明した。単なる番号ではないんだ。ここで泳ぐことは、他の人にとっても励みになる。君さえよかったらまたやろう。捕まらないようにね」水の中で、ノアは親指を上げて、同意のサインをして見せた。その夜、収容者たちはこのとんでもない冒険についての詳細を聞きたがった。まるで脱走劇を聞くような気持ちになっただろう。

もしくは、世界の果てへの冒険旅行だ。

世界記録

トゥールーズに戻ると、アルフレッドは練習を再開した。アフリカへの遠征でさらに力がついた気がする。体力も十代と変わらない。所属するクラブの名前のとおり、まさにイルカになったようだった。アルフレッドは、このドルフィンズという固く結束した素晴らしいチームのリーダー的な存在になっていた。そして、今チーム一同が照準を合わせているのが、一九四一年七月六日にマルセイユで開催される世界大会だ。それぞれの種目で、世界的に実力のある選手たちが待ち構えている。会場となるマルセイユ・スイミングクラブは、素晴らしい設備を誇っており、海に突き出た岩場に掘られたプールなどを備えていた。アルフレッドは、アルバン・マンヴィルコーチから、二百メートルバタフライに出場するよう言われた。この種目でライバルとなるのはアメリカのジャック・キャスリーで、無敵だといわれている。だがコーチは勝算があると判断したようだ。いつものように煙草を口にしながら、よく響く大きな声で安心させるようにこう言った。

「マルセイユはこっちのテリトリーだ。観客が後押ししてくれる。足ひれが付いているかのように泳げるさ」

「そうかもしれませんね」

そして、その言葉通りになった。当日は、アルジェのときの十倍ほどの観客が集まっており、熱狂的な雰囲気に包まれていた。透き通った水の中で大きな声援の波に勇気づけられ、アルフレッドは、イルカというよりはむしろサメとなって水を切り裂いていった。キャスリーがどんな選手なのか、どのような受賞歴を誇るのかはもはや関係なく、ただ自分自身に打ち勝とうとした。濡れそぼった雌鶏だった過去の自分と向かい合う。こんなにスピードに乗って泳げたと感じたことはなかった。ゴールして泡の中から顔を上げた瞬間、いつもと違う雰囲気を感じてストップウォッチを持った審判員を見る。審判員たちは面食らったような面持ちで集まっていたが、そこに突然、スピーカーからアナウンサーの声が流れた。

「記録が破られました！　新記録です！　一分三十七秒の素晴らしい世界新記録が出ました！」アルフレッドは、その言葉の意味を理解するのにしばらく時間がかかった。そしてようやく理解した。嘘じゃないんだ！　正々堂々と戦ったジャック・キャスリーが、親しげに手でサインを送ってくれている。この瞬間から、アルフレッドは、世界トップのバタフライ選手のひとりになった。

ジャック・カルトネはむくれているに違いない。というのも、その前の週に、アルフレッドはカルトネの持つ百メートルバタフライのフランス記録を一分九秒三で更新したばかりだったからだ。世界記録を出した晩には、ジャン・ボロトラからお祝いのメッセージが届いた。また、トゥールーズ市長のアンドレ・アオンもメッセージを送ってくれた。市長は、かつてのラグビー選手で、今はラグビーのプロチーム、スタッド・トゥールーザンの代表者でもあるという、大のスポーツ好きとして知られている人物だ。パリにいるときに所属していたレーシングクラブのエルマンコーチとあの優しいマダム・メルシエからのメッセージには、友情の印が見て取れた。ほとんどの新聞は、拍手喝采だった。アルフレッドは、『ロト』誌のジャーナリスト、ケドロフの言葉に感動した。『この世界記録は、勇気によってすべてを得ることができるという人生のシンボルだ』選手が宿泊していたホテル〈レ・ボール・ドゥ・メール〉の部屋から、アルフレッドはポールに長電話した。ポールは、ジャニー一家と一緒に、フランスのニュースで試合を見たとのことだった。ポールにお腹の赤ちゃんについて尋ねた。「元気よ、アルフレッド。信じてくれないかもしれないけど、あなたが泳いでいるとき、赤ちゃんも一緒になって脚をバタバタさせていたのよ」ポールはいつもそうだ。こんなふうに人生に命を与えてくれる。二カ月後の八月十二日、娘のアニーが誕生し、最高の笑顔を見せてくれた。

＊＊＊

ジャン・ボロトラにとって、北アフリカへの遠征はやりすぎだったようだ。エミールの手紙によると、パリ中に〈飛び跳ねるバスク人〉ボロトラの追放運動が広がっていた。そして手紙には書かれていなかったが、その原因のすべてとは言わないがほとんどが、アルフレッド・ナカッシュを大会に参加させたことだった。一九四二年の初めには、人々はボロトラに対して公然と抗議をするようになる。「ユダヤ人を公式試合に参加させるなんて、いったい何を考えているんだ？ ボロトラは、ナカッシュの受賞歴やチャンピオンとしての名声に固執するべきではなかった。ナカッシュが今や外れ者であることを忘れるな……」そして、攻撃はますますひどくなっていく。反ユダヤ主義の新聞『オー・ピロリ』の記事には、こう書かれていた。『ナカッシュは並外れた水泳選手だ。素晴らしい。途方もない。超人的で、半神のようだ。縮れた髪、広がった鼻孔……。パリの大手日刊紙は、ナカッシュのことを描写するのが本当に好きとみえる。だが、ナカッシュはユダヤ人だ。シオニスト団体〈マカビ〉のメンバーなのだ』

四月、ボロトラはヴィシー政権から突然解雇され、ゲシュタポから追われる身となった。アルフレッドは守ってくれる人を失った。〈バラ色の街〉でも、人々の親しげな視線が曇ってきたのを感じる。ドルフィンズの友人たちも同じように背を向けるのか？ 離れていくのか？ 密告するようになるのか？ アルフレッドは不安だった。もし、カルトネのような人物がこの素晴らしい仲間たちの中に潜んでいたとしたら？ そう考えると恐ろしくなる。トレーニング中、アルフレッドは仲間たちの口元を注意深く観察した。こちらに聞こえないように何かささやいていないだろうか。何か嫌みを言っていないだろうか。だが、そのようなことはまったくなかった。いつもと変わらない輝く笑顔と、素直に友情を示してくれるハグがあるだけだ。まるで、こちらに危険が迫っているのを察してバブルで包み込んでくれているかのようだった。

職場のジムでも、安全だと感じることができた。ジムの中は一見乱雑に見える。バーベルを持ち上げる人のそばでは、あん馬の上で回っている人がおり、またその横ではロープをよじ登ったり、つり輪で倒立したりしている人がいるのだが、巧みに秩序は保たれている。汗と革の匂いがして、エネルギーと生への情熱が感じられる場所だ。そこの常連のひとりに、アーロン・シュタインがいた。アーロンは数学教師だったが、最近解雇されたばかりだった。アルフレッドは、アーロンからジムを支える鋼鉄の柱の陰で声をかけられ、地下組織についての話を聞いた。ロット＝エ＝ガロンヌ県の数多くの仲間たちと共に活動しているという。〈ユダヤ軍〉という名前のレジスタンスのグループで、妨害活動や反撃をしているとのことだった。

「私たちが真の戦士になるのを手伝ってほしいんだ、アルフレッド」アーロンが耳元でささやいた。「立ち向かう準備をするために頼れるのは、君しかいない」

「僕には格闘技のスキルは全然ないけれど、リングを用意してボクシングの部門を作ることはできる」

「誰か面倒みてくれそうな人に心当たりはあるかい？」

「ええ、思い当たる人がいます」

それがフェリックス・ルベルだった。元ガロンヌ県のボクシングクラブ所属のボクサーで、今は、昼間は内装業、夜は自分の店の奥でポーカーをしている。そして、週末になると、しょっちゅうアルフレッドが泳ぐのを見に来ていた。アルフレッドのほうも、フェリックスの店にトランプをしに行くという仲だ。フェリックスなら、一肌脱いでまたグラブをはめてくれるだろう。

アウシュヴィッツ、分配

この収容所では、皆が飢餓により、さらには絶望により、死にかけている。そんな中、この日アルフレッドは、ロベール・ワイツ先生とウイリー・ホルトの前で小包を渡され、一種の恥ずかしさを感じていた。

「赤十字からだよ」そうワイツ先生が言った。「赤十字は独自で調査をして、君がここにいることを突き止めたんだ」

「でも、ドイツ人たちは?」

「忘れるなよ、アルフレッド。君は水泳の世界記録保持者なんだ。私の持っている医師の肩書や血液学の本を出版した実績なんて、君のトロフィーの前では何の価値もないくらいなんだよ。だからドイツ人は、君がこの小包を受け取ることを許可したんだ」

「受け取れないよ」

「開けたらいい、アルフレッド。でなければ、君の代わりに私が開けようか?」

アルフレッドは一瞬ためらった。医療棟で甘やかされている子どもになった気分だ。こういう気持ちになるのは本当に嫌だった。子どものころからすでに、家族の中で少しでも不公平があると我慢できないたちだったし、学校でえこひいきをする先生がいたりしたら、その先生に目をかけられている生徒を哀れなやつだと思っていたくらいだったのに。それに、ユダヤ教のお祭りである〈プーリーム〉のことも頭をよぎる。これは、コンスタンティーヌでとても大切にされている楽しいお祭りなのだが、その期間中は他者に対して寛大であることが求められ、恵まれない人たちへの贈り物として食べ物の入った小包を送る習慣があった。

ワイツ先生が小包を手に取り、縛ってあった紐を恭しくほどくと、小さな宝箱が現れた。中には、ジャム、ビスケット、板チョコ、大きなハム、そして十数個の高級な化粧石けんが入っていた。

「四つに分けましょう。ワイツ先生と、ノアと、ウイリーと、そして僕で[26]」

「私の分は考えなくていいよ」ワイツ先生が微笑んだ。「でも石けんひとつと、チョコレートをひとかけらもらおうかな。あとはもっと必要としている人たちにね」

「それでは、僕も先生にならいます」アルフレッドは答えた。

ノアとウイリーも同調したので、結局届いた小包は細かく分けて紙で包み、そのあと数日かけて収容者たちに配ることにした。SSとカポ〔他の収容者たちの監督を任ぜられた収容者〕の厳しい監視の目を盗み、手渡していく。つかの間の慰めにしかならないだろうけれども、死と隣り合わせの収容所の、最も辛い状況にある人たちにとっては、貴重なものになるだろう。アルフレッドはこの日、三十五区で、わら布団に横たわるひとりの男性に、手をさすりながら包みを渡した。おそらく四十歳から五十歳くらいなのだろうが、あまりにも痩せているためにもっと年をとっているように見える。その男性は驚き、そして吐息のようにささやいた。

「イエヴァレチェチャ・ハシェム」神のお恵みがありますように……。アルフレッドは、その言葉に心を打たれた。

それから数週間後、アルフレッドはウイリーからのメッセージを受け取った。煙草のようにクルクルと丸められた小さな紙片に、読めないくらいにびっしりと文字が書き込まれている。照明のそばに行って読んだ。「友よ、あなたは私に連帯というものを教えてくれました。それはこれから先の私にとって、生きる指針となりました。一切れのパン、ひとかけらのジャガイモ、一本の煙草、それは肉体的にはほとんど意味のないものです。けれども、それを受け取った人たちの瞳にはあのような笑みがあふれ、慰めを受けて光を取り戻しました。素晴らしい行為です」

そのメッセージを読み、アルフレッドは微笑んだ。今度は自分が輝く笑顔を見せる番だった。

一九四二年夏

街は重苦しい空気に包まれていた。それは、このとき国を襲っていた蒸し暑さのせいだけではない。静かに広がる不安感のせいでもあった。ユダヤ人を差別する政策において、ヴィシー政権はナチスの要求のさらに上をいっており、外国籍のユダヤ人に危険が迫っているという噂があちこちでささやかれていた。ドイツや東ヨーロッパ出身のユダヤ人は、虐殺や逮捕を逃れると、ベルギーに一時的に避難した。それからロワール川より南の〈自由地域〉にある静かな村々へと逃げてきた。

ジムの会員であるモーリス・イルシェも、そんなユダヤ人のひとりだった。アルフレッドはモーリスから、家族のたどってきた道を聞いた。一九三八年秋に起こった〈クリスタルナハト〉事件の後、モーリスは家族と共にライプツィヒを離れたそうだ。恐ろしい〈クリスタルナハト〉のときには、ドイツ帝国中でSSによってシナゴーグが焼かれ、ユダヤ人が経営する店が破壊され、男も女も子どもも殺された。モーリスが家族でやっていた靴修理の店も攻撃され、残ったのは焦げた木材の山だけだったという。そして今、モーリスは南仏でも大規模なユダヤ人への攻撃が計画されていると確信していた。数千人のユダヤ系外国人がドイツやポーランドへ連れて行かれると、ヴィシー政権の福祉課にいる友人から聞いたというのだ。

だが、アルフレッドはその話を聞いても、パニックになることはなかった。というのも、このときはトレーニングやジムの管理に忙しすぎて十分な情報に触れる機会がなかったため、モーリスの話の意味がよくわからなかったし、また実際のところ、政治的なことにそれほど詳しくはなかったからだ。というわけで、恥ずかしいことではあるが、あとから思えば話の中の大事な部分をずいぶんと聞き逃していたことになる。

八月二十三日月曜日、この日アルフレッドは、ジムでフェリックス・ルベルから一枚の紙を差し出された。フェリックスは助っ人で来てくれているボクサーなのだが、何やら心配そうな様子で現れたところだった。その紙は、カトリック教会のトゥールルーズ大司教、サリエージュ猊下《げいか》の手紙で、すべての小教区で読まれることになるものだという。フェリックスは熱心なカトリック信者で、妻のバベットと一緒に、毎週日曜日のサン＝ピエール大聖堂で行われるミサに通っており、そこで手に入れたらしい。

「今夜、静かなところで読んでくれよ。すごく勇気をもらえる美しい手紙だよ。それでも、未来は明るいとは思えないけどね」

アルフレッドは、手紙を四つにたたんでトレーニングウエアのポケットにしまった。フェリックスは修道士みたいだな、と思う。だが、次の瞬間には、フェリックスはもうボクサーの顔になり、トレーニングルームの奥で待つ生徒たちの中にいて檄を飛ばしていた。

「さあ、何ぼーっとしてるんだ？　サンドバッグで練習だ。右、左、フック、ほら、足を動かせ！」

＊＊＊

家に帰ると、ポールにこの文章を読み上げてくれるよう頼んだ。この日、アルフレッドはポールが作ってくれたオレンジの花のケーキには手をつけず、代わりに普段はほとんど飲まない赤ワインのカオールを大きなグラスに注いだ。正面に座ったポールが、大きな声で読み始める。

「『親愛なる私の兄弟姉妹たちよ……子どもたちが、女性たちが、男性たちが、そして一家の父親たちが、母親たちが、まるで家畜の群れのように扱われているとは。そして、家族がひとりひとり引き離され、行き先もわからないまま列車に乗せられているとは。このような悲しい光景を、今、私たちは見せられています……』」

ポールがひと呼吸置く。黙って続きの文章に目を走らせているようだ。そしてまた、通る声で読み始めた。

「『私たちの司教区では、ノエ収容所、そしてレセベドゥ収容所[27]で、恐ろしい状況となっています。ユダヤ人は、男性も女性も人間です。それなのに、ユダヤ人はすべてを奪われています。ユダヤ人の男性、女性、家族の中では父親、母親である人たちが、すべてを奪われているのです。ユダヤ人は人間です。他の人たちと同様に、私たちの兄弟姉妹なのです。キリスト教徒なら、それを忘れるはずはありません……』アルフレッド、まだ続けて読む？」

「ああ、最後まで読んで」

「『フランスよ。愛する祖国、フランスよ。あなたの子どもたちは皆、人間性を尊重する伝統を良心の中に持っています。そんなフランスという国が、この恐ろしい出来事にかかわることなど断じてない。私はそう信じています。トゥールーズ大司教、ジュール＝ジェロ・サリエージュ』」

ポールが読み終わった紙をたたむ。目がうつろだ。アルフレッドは立ち上がり、妻の隣に座って手を背中に回した。そして美しい褐色の髪に手を入れ、首筋を長いこと撫でた。

「この手紙を渡してくれたのは、フェリックスなんだ。教会の中のたったひとりの人物が、状況を変えることができるとは思わないけど……」

「本当に人間味あふれる文章だわ。これでみんなの良心をよみがえらせることができるんじゃない？」

「どうかな……」

「わたしたち、巻き込まれるかしら？」

「直接的に、すぐに、ということはないかな。一斉検挙で狙っているのは、外国人であるユダヤ人だからね。ただし、アルジェリアのユダヤ人はもうフランス人ではない、とされたら、話は別だけど」

「もしそうなった場合は？」

「理屈の上では、僕たちも対象になるよね。でも、政府がどういう判断をするかは、わからない。誰にもわからないよ」

トゥールーズ大司教の怒りの訴えで、ヴィシー政権幹部のユダヤ人迫害意識は削がれるのだろうか？　どうやらそうはならなかったようだ。八月二十九日の早朝、南仏の広い範囲では、数百もの家族が憲兵隊からたたき起こされ、五分で身の回りのものをまとめるよう命じられた。一分たりとも余分な時間は与えられず、その後車に乗せられた。モーリス・イルシェもそのとき、妻と三人の子どもたちと共に捕まってしまった。逮捕された人たちはどこへ連れて行かれたのだろう？　フェリックスによれば、まずは巨大な収容施設だという。そこでパリ郊外のドランシー収容所まで行く列車を待ち、そしてその後は……。衝撃だった。こんなふうに一斉に検挙されてしまうなんて……。ジムでは、アーロンが強い決意を示した。

「俺たちは戦うよ、アルフレッド。君がプールで戦っているようにね。君は俺たちとは距離を置いて、泳ぎで頑張ってくれ」

アルフレッドは、アーロンの瞳に宿る実直さが好きだった。アーロンのように抵抗運動を決意した人たちの多くは、武器を手に取ることを望んだ。そして町の外にある人家から離れた納屋に集まり、計画を練ったり、射撃の訓練をしたり、ビラを作ったりした。組織の名は〈ユダヤ軍〉だ。今回の一斉検挙は、ペタン元帥とその部下であるピエール・ラヴァルによって発令されたものだったが、そのあまりにもひどい出来事のあと、地下組織は自らの名に恥じないものとなった。

アルフレッドはフェリックスから、今度はリヨンの枢機卿であるジェリエ大司教がこの一斉検挙に対して猛烈に反発した、という話を聞いた。グラスベルグ神父と共に、ヴィシー政権で知事を務めるアンジェリに抵抗し続けているという。グラスベルグ神父は、ユダヤ教の家庭に生まれたが、家族と共にカトリックに改宗して司祭になり、ジェリエ大司教から難民援助委員会の代表を任された人物だった。ジェリエ大司教の指示を受け、グラスベルグ神父は、リヨン近郊のヴェニシューにある収容施設から百人あまりの子どもたちを救い出すことに成功した。夜のうちに親たちに親権放棄の書類にサインしてもらい、連れ出したのだといら。その子どもたちの中には、母親からもらったイヤリングをポケットに入れて、絶対になくさないと誓っていた女の子もいたそうだ。家でこの救出劇を話して聞かせると、ポールは辛そうな様子になった。

「子どもたちは家庭に預けられているんだ、ポール。大丈夫だよ」

「でも、警察が取り返そうと、あちこち捜しているんじゃないの？」

「たぶんね。でも、リヨンでは人々の間に、信じられないくらい強い連帯感がある。信者でも信者でなくてもね。カトリックでも、ユダヤ教徒でも、プロテスタントでも、無神論者でも盾になって子どもたちを守ってくれるよ。まるで大きな防護壁の中にいるみたいにしてね。それに、レジスタンス組織が活動している。街でビラを配ってるんだ。ほら、これだよ。フェリックスが一枚持ってきてくれたんだ……」

大文字だけで大きく書かれた警告文ともいえるものを、ポールが読み上げる。

『あなたたちが子どもを捕まえることはもうない[28]』

＊＊＊

すべてのトゥールーズ市民にとって、一九四二年十一月は、不吉な月となった。街の通りにゲシュタポが入ってきたのだ。そしてナチスは、司令部を〈ウルス・ブラン・ホテル〉の中に置いた。〈自由地域〉の終わりであり、アルフレッドとポールにとっては、幻想の終わりでもあった。〈占領当局〉の行政命令第九号により、『すべてのスポーツイベントにおいて、出場選手としても、観客としても、今後はユダヤ人の参加は禁止』となり、また『浜辺やプールへの立ち入りも禁止』とされた。アルフレッドはその直前の数カ月間で、五個のフランスチャンピオンのタイトル[29]を取っていたので、親独派の新聞の怒りは大きく、フランス水泳連盟に対してアルフレッドを試合に参加させたことを非難した。ある晩、ジムから出たところで、アルフレッドは黒ずくめの男から声をかけられた。帽子を目深にかぶり襟を立てている。

「何か用ですか?」

男は紙を差し出してきた。

「これを読んで、参考にしてください」

見知らぬ男は、すぐに暗く雪の積もった通りに消えてしまった。アルフレッドは、街灯の下まで行って確認した。それはペタン派の新聞『ペイ・リーブル』の記事で、〈P・L〉という署名があり、ペンで下線が引いてある箇所があった。

〈スポーツは素晴らしい〉

だが、ユダヤ人は国の代表としての栄誉を与えられるべきではない。

ナカッシュはユダヤ人か?

もしそうなら、ナカッシュは試合から追放されるべきだ。

我々は先週、ナカッシュがユダヤ人かどうかを聞いた。もしユダヤ人ならば、ナカッシュは競技会から閉め出されなければならなかったのだ。我々は、かなり前から我が国を災害に導いたユダヤ人に対して反対運動を展開してきた。そのため、いま一度言う。このユダヤ人を捜査するよう要請しようではないか。この世界記録保持者でフランスのチャンピオンであるナカッシュを。

ユダヤ人がフランスの代表として世界記録保持者の名簿に名前を刻まれるなんて、不幸なことだ。だから、何か手を打たなくてはならない。

ナカッシュはユダヤ人か？　我々はその答えを欲している。だからナカッシュ、説明してほしい。

もしあなたがユダヤ人だったら、フランスのスポーツ界から立ち去ってほしい。さもなければどうなるかは、自分の身で感じることになるだろう。

アルフレッドは心臓が止まったような気がした。生まれて初めて、背中に冷たいものが流れるのを感じた。これが恐怖というものなのだろうか？

一九四三年、トゥールーズ

ジャック・カルトネは、ここトゥールーズでいったい何をしているのだろう？　街のいたるところで、パリ出身の元フランスチャンピオン、カルトネの姿があった。リーゼントで髪を整えた長身のシルエットが、市役所や県庁、さらには〈プティ・シャトー〉でも目撃されている。〈プティ・シャトー〉はル・ビュスカ地区にある金持ちの大邸宅で、ゲシュタポが集っている場所だ。どうやらナチスは司令部を置いた〈ウルス・ブラン・ホテル〉よりもそこが気に入ったらしい。集まる人の数がどんどん多くなってきているので、より広い場所が必要となったのだろう。集まってきているのはドイツ軍将校だけでなく、フランスの公務員もいた。親独派で、ドイツ帝国の敵となるかもしれない人たちを熱心に追い詰めている輩だ。標的となっているのは、レジスタンス、ユダヤ人、共産党員、ホモセクシュアル、芸術家、知識人、そして忘れてはならないのが一流のスポーツ選手だ。実力のある選手たちは、人々から褒めそやされているので、ときとして自分たちは何でも許されると思ってしまうことがある存在だった。地方公務員の家に出入りしているため情報通でもあるフェリックスの話によると、〈プティ・シャトー〉ではしょっちゅうパーティが開かれているそうだ。

「一番上の階は売春宿そのものだよ。遊び人たちが集まって夜中まで乱交パーティだ。カルトネは招待状なしで入れるらしい。まるで自分の家みたいにしているよ。それどころか、パーティの主催者のひとりになっている」

さらに数カ月前から、カルトネがトゥールーズのあるオート＝ガロンヌ県の親独義勇軍青少年スポーツ局の局長をしていると聞き、アルフレッドは大きなショックを受けた。以前はツイードのベストにフランネルのズボンという格好だったカルトネが、今やゲシュタポの手先が着るウエストの締まった制服を身に着けている。かつてパリのおしゃれな地区に住み美男子で知られたカルトネは、もう握手はしない。ナチス式の敬礼で挨拶するようになったのだ。そしてプロパガンダの集会に参加し、『国の革命時におけるスポーツ教育の果たす役割を定義する』ことを提案している。アルフレッドは、そんなカルトネにつきまとわれていた。プールでライバルだったカルトネは、こちらをスポーツ界で生きていけない状態にしたいと思っているのだろう。いや、もしかしたら本当に僕が死ぬのを見たいのかもしれないな……。

そうアルフレッドは思った。トゥールーズで開催されるフランス選手権大会が近づくと、ゲシュタポの影響下にある地方新聞各紙は、一斉にこちらを攻撃してきた。アルジェリアのユダヤ人が街を代表するなんて絶対に認められない、というわけだ。対独協力主義組織が発行する雑誌『ジュ・スィ・パルトゥ』の記事は、恨みと脅しに満ちていた。『ナカッシュは、最も支持できないユダヤ人であり、ユダヤ人社会全体の中で最も典型的なユダヤ人だ。こういう卑しい人物がいると、強制収容所にも価値があるのだと思える……』

一九四三年七月初めだった。トレーニング中、アルフレッドはアルバン・マンヴィルコーチに、プールから出るように指示された。

「服を着て、私のオフィスへ来てくれないか」

なぜあんなに深刻な様子なのだろう？　いい予感はまったくしなかった。実際のところ、数週間前からものすごい圧力を感じていた。ジムの周辺では、ギャバジンのロングコートを着たカルトネ配下の男たちから監視されていた。男たちは出入り口を見張り、手帳に何やら書き込んだかと思うと、大急ぎで車に飛び乗るなどしていた。エミールによると、パリでは、外国籍だけでなくフランス国籍を持つユダヤ人に対しての締め付けも、日に日に強まっているそうだ。アルフレッドたちもスペインに逃げるべきだとエミールは主張していた。アルフレッドはポールも交えてエミールに相談し、そしてピレネー山脈を越えて密入出国させるブローカーのグループに会うこともした。だが、幼いアニーが泣き出してしまったらすべてがおじゃんになる危険があった。それに何よりも、ドルフィンズの仲間たちから離れることが想像できなかった。

また別の日には、カフェ〈ル・ビバン〉のテラス席でコーヒーを飲んでいると、ひとりの男が通りすがりに雑誌をテーブルの上に放り投げて去っていったことがあった。置き去りにされた雑誌は、注目のスターを取り上げる雑誌『マッチ』に似ていた。だがアルフレッドはちらっと見てわかった。一九三八年七月号の『マッチ』に似せた下品なパロディ誌だ。アルフレッドが裏表紙に載った号で、いつものように舌を出して笑っている写真が使われていた。

この号の『マッチ』を、ポールは大切に保存していた。というのも、アルフレッドがフランスチャンピオンのタイトルを取ったことを特集していたからだ。ヨーロッパ新記録で、これで実力が認められることになった。贋作の『マッチ』を作った人間は、その裏表紙の写真に手を加えたようで、舌は尖った形にされ、目は落ちくぼんで小さくなっている。そしてタイトルも変更され『スポーツの道化師たち――「リバイバル誌特別号・人種の写真週刊誌」』となっていた。

アルフレッドは、雑誌をパラパラとめくってみた。ジャン・ドヴァンという署名の入った記事が目に入る。その内容は、あきれるほど言葉の暴力に満ちていた。タイトルは『ユダヤ化したプールの偶像』とあり、こんなふうに書かれていた。「もう終わりにしなければならない。フランスのスポーツからユダヤ人を排除することが重要だ。ユダヤ人を部分的に締め出すことは、通常とられるような措置である程度は可能だろう。だが、本当に必要なのは、ユダヤ人の金儲け主義に影響され汚れてしまったフランスのスポーツ界を、きれいにするための措置だ。ユダヤ人は金銭欲と偽善にどっぷりと浸かっており、そのせいでスポーツ界は泥の中にあるのだ」さらに、ジャン・ドヴァンは、スポーツ界において根本的な対策がとられていないこと、フランス水泳連盟はユダヤ人の恥ずべき共犯者であることを、声高に告発していた。「ユダヤ人は、いつも利益を主張し、それを必ず利用している。今こそ、ユダヤ人から黄色い星の付いた服をはぎ取り、他の人たちと同じ立場にする絶好の機会だ」

今、コーチから声をかけられ、アルフレッドはそんな嫌な記憶を鮮明に思い出していた。

「アルフレッド、そこに座って。君に言わなきゃならないことは、簡単なことじゃないんだ」コーチがため息をつく。「ドイツ人たちは、君がフランス選手権大会に出場することに、強く反対している。エミール＝ジョルジュ・ドゥリニー[30]理事長と水泳連盟は、何とか君を守ろうとしたんだよ。開催地を、予定されていたパリではなく、ここトゥールーズに変更してね。でも、どうにもならなかった。そうしたら……」

「そうしたら？」

「プールの仲間たちは、それに納得できなかった。もし君が大会に参加する権利がないというなら、自分たちは大会をボイコットすると言っているよ」

アルフレッドは、そんなことはしてほしくない、と言った。一年間ずっとトレーニングを重ねてきたのだ。せっかくの機会を失ってほしくない。だが、そんなふうに言ってくれたことは嬉しく、心が温かくなった。

「選手たちは、それぞれ自分で考えてどうするかを決めるだろう。良心に従ってね。ゲシュタポから脅されても、クラブがボイコットした選手たちに罰を与えることはない。それは約束する」

話を聞いたあと、アルフレッドは家に帰る前にジムに寄った。頭を空っぽにして、他のことを考えたいと思ったのだ。トレーニングルームの奥で、アーロンがバーベルを上げているのが見えた。こちらに気がついたアーロンが、重そうにバーベルを置く。

「試合から締め出されたのかい？」

「どうしてわかったんだい、アーロン？」

「我らが〈ユダヤ軍〉には、耳があるからね。あのカルトネってやつときたら、君には何の容赦もしないんだな。俺たちはみんなで君を助けるよ、アルフレッド。事態は熱くなっているどころか、もう燃えているんだ」

「僕の手はもう焦げているんじゃないかと、怖くなるよ」

アルフレッド・ナカッシュがフランス選手権大会から締め出されたというニュースは、瞬く間にトゥールーズの街中に広まった。カフェ〈ル・ビバン〉では、白ワインを手にフレックスが宣言した。

「トゥールーズ市民は、あの馬鹿どもに見せつけてやるさ。競技場の観客席は、グリュイエールチーズみたいに穴だらけになるだろうよ。ドルフィンズの仲間たちは、どうするんだい？」

「僕からは何も聞けないよ。迷惑をかけたくないんだ」

子どものころのように笑わなくなってから、どのくらい経つのだろう？　最後にふざけて舌を出し目を丸くしたのは、いったいいつのことだったろうか？　そんなことを思いながら、まるで自分ではない誰かのことを考えているように感じた。フランス選手権大会では、フェリックスが予言していたように、ドルフィンズの仲間たちは誰も飛び込み台に立たなかった。本当にタフで、意志の強いやつらだ。その結果、トゥールーズの選手たちは出場停止処分を受け、水泳クラブの会長ギヨーム・ル・ブラスは除名された。大会が開催された二日間、アルフレッドはポールと共に自宅のアパルトマンから一歩も外に出ず、娘のアニーと三人だけで過ごした。

＊＊＊

その翌週、アルフレッドがジムに行くと、アーロンからそっと一枚の紙をポケットに入れられた。機材が置かれているバックヤードでその紙を広げてみると、〈人種差別主義者の残虐行為に対抗するフランスの力〉という組織の機関紙だった。友愛の声明文とも言えるものが掲載されている。アルフレッドはその声明文を何度も読み返した。支えてくれることに感動したし、またこの暗い世の中において、人種差別と闘う気持ちが広がっていることに安心もした。

あなたたちはナカッシュを知っている？　もちろん、みんな知っているだろう。ナカッシュは、百メートルと二百メートル自由形のフランスチャンピオンであり、二百メートル平泳ぎの世界記録保持者だ。ナカッシュは、フランスの威信を高め、スポーツをするフランスの若者たちに、パスコたちよりも強い影響を与えた。だが、ひとつだけ問題がある。ナカッシュはユダヤ系フランス人なのだ。ユダヤ人の分際でカルトネや他の親独派の選手たちより速いとは、なんて無礼なんだ、というわけだ……。

加えてナカッシュは、最近行われたフランス水泳選手権大会に参加禁止となった。でもそれは、トゥールーズのスポーツファン、それにトゥールーズ・オリンピック・アンプロワイエ・クラブ（ＴＯＥＣ）とトゥールーズ・アスレチック・クラブ（ＴＡＣ）の水泳選手たちをよくわかっていないということに他ならない。このばかばかしい人種差別主義の措置に腹を立てた選手たちは、ナカッシュとの連帯を表明し、スポーツ教育庁長官パスコの脅しを無視して、選手権大会への出場を拒否した……。

……フランス選手権大会当日、観客席では十分あまりの間「ナカッシュ！」の叫び声が響き渡った。トゥールーズの真のスポーツマンたちは、このようにして自らの反発を表明した。競技をボイコットして、ドイツ人のやり方に異議を唱えた。

「君はひとりじゃないんだ、アルフレッド」アーロンが肩に手を置いてささやいた。

だがスポーツ紙は、一紙また一紙と、ヴィシー政権とゲシュタポによる検閲に従うようになった。するとたんにナカッシュという名は語られなくなり、静かになった。選抜競技会への不参加の理由も、まったく報道されなかった。唯一名前が載ったものといえば反ユダヤの雑誌で、その内容はあまりにもひどかった。『オー・ピロリ』誌の八月二十三日号では、卑猥な表現があふれていた。『ユダヤ人ナカッシュ、輝かしい水泳のフランス代表選手、だが、フランスの選手権大会には参加していない。けがをしたから？　でもどこを？　包皮か？　不幸にも剪定バサミで傷つけたのか？』

アウシュヴィッツ、医療棟

アルフレッドは、医療棟の薄暗い入り口にウイリー・ホルトの姿があるのに気がついた。若い画家のウイリーはSSの将校たちの気まぐれな要望に応じて絵を描いており、なかにはかなりとっぴょうしもないものもあった。そのウイリーが、痛みで顔をゆがませている。数日前から、蜂巣炎《ほうそうえん》〔皮膚病の一種〕で左足首に膿がたまってしまっていたのだ。木靴のような硬い靴を履いて歩かなければならないことが原因だが、その靴を履き続けるしかないので、悪くなる一方だった。

「君のためにと渡されたのは、この三つの軟膏なんだ」アルフレッドはため息をついた。

「どれを選んだらいいのかわからないんだけどね……」

「きれいな色じゃないか」ウイリーが歯を食いしばりながら言う。「灰色がかった白、淡いバラ色、硫黄っぽいレモン色。それじゃあ、バラ色のからやってみて」

アルフレッドは、腫れて変形してしまった足首に軟膏を塗った。そっとマッサージすると、ウイリーの両手にぐっと力が入るのがわかった。おそらく膝くらいまで痛みがあるのだろう。

ウイリーの意識を逸らそうと、アルフレッドは声をかけた。

「ところで、七十八作業班はどんなだい？」

「楽で稼げる仕事だよ。キッチン担当の次にね」ウイリーが皮肉った。「ポーランド人でタデックという名のカポがいてね、そいつに連れてこられたアーティストが十人ほどいるんだ。タデックも絵描きで、いいやつっぽいよ。ポーランド中央部の都市ウッチ出身らしくて、そこに奥さんと小さな娘さんを残してきているんだそうだ。ふたりのことをしょっちゅう話しているよ。とても辛そうにね」

その言葉に、アルフレッドは心臓が締め付けられるような気がした。ウイリーはおそらく忘れていて悪気はないのだろうが、どうしてもアニーのことを考えてしまう。

「それで、どんな絵を描いているんだい？」アニーのことを考えないようにしようと、言葉を続けた。

「みんなが抱いている妄想を描いたのを抜きにすれば、ほとんどが家族の肖像画だよ。満足感を得られる仕事とは言えないけれど、物質的な採算は合うね。一番多い報酬が、食べ物だよ。パン、ポーランドのお菓子、ときには砂糖もある。でも一番多いのが煙草かな。隠しやすいものだからね」

「君は煙草を吸うの？」

「まったく吸わない。煙草を吸ってどうなるかを見たら、吸おうとは思わないな。だから、僕はすぐに煙草を食べ物と交換する。そうすれば、栄養不足で身体が弱っている人にあげられるし、それに深刻な煙草不足で死にそうになっている喫煙者を助けることにもなるからね」

「痛いのはここかい？」アルフレッドは、今度は硫黄っぽいレモン色の軟膏をウイリーの腫れた患部に塗りながら尋ねた。ウイリーが煙草の話を続ける。

「君には想像できないと思うけれど、前にね、六人の収容者たちが車座になっているところに近づいてみたことがあるんだ。何をしているんだろうと思ってね。そうしたら、一本の煙草を順番に吸うために集まっていたんだよ。そのとき、はっと気がついたんだ。男たちの目が殺気立っているということに」

「殺気？」

「ああ、殺気だよ。もし誰かが他の人より強く吸ったら、あるいは長く吸ったら、最悪のことが起こっただろう」

「煙草のひと吸いで殺人事件か……。僕たちがいるのは、そういう場所だということだ」アルフレッドは悲しく思いながら、そう話を締めくくった。

＊＊＊

数日後、ウィリーがまた医療棟にやってきた。足取りはかなり軽くなっている。

「あれから、具合はどうだい？」アルフレッドは、ウィリーの顔を見るなり尋ねた。「よくなってきているみたいだね」

「ああ、マシになってきたよ。でも、君が塗ってくれたあの怪しい薬のおかげかどうかはわからないけど」

そう言いながらウィリーがこちらに近づいてきて、耳元でささやいた。

「頭痛に効く薬が欲しいんだ。頭がずきずきして絵筆を持っていられないんだけど、タデックに絵を依頼してきた人がいて、せがまれているんだよ」

アルフレッドは静かにその場を離れるとワイツ先生のところへ行き、事情を話した。先生が薬棚の中を調べ、何錠かの薬をハンカチに包んでくれた。その薬はそれで終わりのようだ。

ウィリーのところに戻り、手品師がやるようにハンカチを広げて薬を出してみせると、当たり障りのない話題を振った。

「どんな絵を描いてほしいと言われているんだい？」

「おとぎ話を描いた水彩画二枚だよ」

「もう描き始めているのかい？」

「ああ。不思議なんだけどね、その絵を描いていると、幸せだった日のことを思い出すんだ。もう忘れたと思っていたのに。描いているのは、庭や浜辺、おもちゃ、森、犬、花、家庭菜園……。ここでの生活とは対照的だから、余計に想像力が増すのかな」

「どんなふうに？」

「僕が描いているんじゃなくて、鉛筆や筆が勝手に動いて、物語の世界を描いているみたいな感じなんだ」

「気に入ってもらえてる？」

「子どもたちは喜んでいるみたいだ」

アルフレッドはふいに言葉を失った。絵を依頼したその幸せな父親は、これまで見てきたであろう恐怖で叫ぶ人々に思いを馳せることがあるのだろうか？

一九四三年十二月二十日、トゥールーズ

早朝、まだ暗い時間に、ドアを激しく叩く音が響いた。

「警察だ。開けろ！」

アルフレッドは部屋着を羽織り、玄関へ向かった。

「何の用ですか？」

「ドアを開けろ。さもなければぶち破るぞ！」

怒鳴り声におびえたアニーが泣きだし、ポールが慌てて娘のもとへ向かう。アルフレッドは、ドアノブを回すのとほぼ同時に、突入してきた十人ほどの男たちに突き飛ばされた。ゲシュタポが来たのだ。黒ずくめの男たちは、すべての部屋を見て回るとこう宣言した。

「アルフレッド・ナカッシュ、おまえを逮捕する。これから司令部へ連行する」

「妻と娘はどうなるのです？」

「ふたりも一緒に連れて行く。持っていけるのは少しの着替えだけだ。それ以外は持つな。それで十分だ」

アルフレッドはポールと共に、大急ぎで小さなカバンに着替えなどを詰めた。そのときとっさに、飾ってあった写真立てから写真を二枚取り出して、ベストのポケットに滑り込ませた。一枚は家族全員が写った写真で、シディムシド・プールの脇で撮ったもの、もう一枚はアニーの写真で、一歳の誕生日に撮ったものだ。

ゲシュタポの司令部となっている〈プティ・シャトー〉に連れてこられると、一階のホールに座らされた。だが、誰もこちらに関心を向ける様子はなかった。ゲシュタポの士官たちが煙草をくゆらせながら他愛もない話をしている相手は、親独義勇軍のメンバーのようだ。書類を抱えた書記官らしき人たちは、靴音を響かせながら階段を上ったり下りたりしている。司令部の中は暑かった。それもひどく。もしかしたら、暑いのはこの緊急事態に備えようと身体が反応しているせいなのかもしれないが。

一時間以上経ってから、ようやく声をかけられた。身のこなしがきれいで丁寧なフランス人の公務員から、一緒に二階へ上がるよう言われた。ゲシュタポのトップである親衛隊のカール・ハインツ・ミュラーが直々に会いたいと言っているとのことだった。ミュラーの部屋に入ると、すぐに声をかけられた。

「ナカッシュさん！　あなたにお会いできるとは、なんという喜びだ！」

ミュラーはまるで握手をしようとするかのように近づいてきたが、直前でぴたりと止まり、頭のてっぺんからつま先までこちらをじろじろと見た。

「もっと背が高くて、もっとたくましいと思っていたがね。水泳の世界記録保持者にしては……」

アルフレッドは、ミュラーの皮肉に反応せず、返事もしなかった。

「もちろん、あなたのキャリアは熟知している」手に持ったままだったコーヒーを飲みながら、ミュラーが言葉を続ける。「ベルリンオリンピックでは、フランスチームが我々ドイツチームを破った。敬愛する指導者の前でね。あれはいただけなかった。いただけなかったよ、ナカッシュさん。いただけないといえば、あなたがトゥールーズのきれいな田舎町で〈ユダヤ軍〉のメンバーとこっそり会っていたのも、そうだね」

〈ユダヤ軍〉……ミュラーの口からその言葉が出たということは、死刑宣告をされたようなものだった。アルフレッドは身体を硬くした。

「リラックスしたまえ、アルフレッド。君は移送を待つ間、ここサン＝ミシェル刑務所で、自分の軽率な行動をよくよく考える時間がたっぷりあるんだからな。よし、連れて行け！」

後ろ手に手錠をかけられた状態で、アルフレッドはポールとアニーの前を通り過ぎた。兵士から頭を押さえつけられていたので、ふたりのほうに顔を向けることはできなかった。ポールが何か言っているようだったが、ポールの喧騒にかき消されて聞き取れない。外に出される直前、ポールの叫び声が突き刺さるように響き渡った。

＊＊＊

サン＝ミシェル刑務所は巨大な建物で、要塞のような外観だった。アルフレッドは、そこの警備員ロドルフ・ドゥブランから、中庭を歩いているとき声をかけられた。TOECで一時期、保守メンテナンスの仕事をしていたということで、ひと目でこちらが誰かわかったという。そして、ポールが刑務所の女子棟に留置されていることを教えてくれた。

「それで、アニーは？」

ロドルフは言いづらそうだ。

「一番新しい情報だと、アニーはサント＝リュシー通りの乳児院にいるみたいだ。安全なところだよ」

アニーは母親から引き離されたのだ。父親からも母親からも引き離すなんて、本当にゲシュタポはどんなことでも何のためらいもなくやってしまう。ロドルフの上司が、手で鍵をもてあそびつつ庭の向こう側から深い疑いの目でこちらを凝視していたが、それでもロドルフは、できるだけ励まそうとしてくれた。

「アルフレッド、俺は街に友達がいる。そいつらがアニーを見守るから心配しないで。それに、君のコーチのマンヴィルが立ち寄ったって聞いたよ。アニーにぬいぐるみを買ってあげたそうだ」

アルフレッドは寂しく微笑んだ。どうにか荒ぶる感情を抑えようと努力する。

「新聞は？　僕の逮捕について何か言っているかい？」

「それはわからないな」

「何も反応していないってことだね？」

「わからないよ。気にしてなかったから」

「つまり、だんまりを決め込んでる[32]ってわけか」

「俺たちが世話をするから、心配しないで」

「ポールのことも見てやってほしい。気持ちを強く持つように伝えて」

アルフレッドは、アランという若者と一緒の部屋だった。〈FTP－MOI〉[33]というレジスタンスのメンバーだ。このアランのおかげで、なんとか失意のどん底に陥る手前でとどまることができた。まだ二十歳前に見えるアランは、ブロンドの長髪を頭の後ろへと撫でつけ、やつれて角ばった顔をしていた。目はとてもきれいな青だが、ひどいクマができており、筋のような血の跡もある。無理してリラックスしているように振る舞ってはいるが、ひと目で苦悩が見て取れた。ナカッシュという名前には聞き覚えがあったらしいが、あまりスポーツに興味はなかったそうだ。アランは、トゥールーズ大学文学部の学生とのことだった。

「ラッキーなことに僕は本があったから、他のことを考えられたんです。本は取り上げられなかったから」

アルフレッドは、アランがユダヤ人の運命について話すのを聞いて、心配になった。アランは、パリ北東部にあるドランシー収容所のこと、そして、多くの人たちが命を落としているというポーランドのアウシュヴィッツ収容所へ向かう列車のことを話した。

「あなたはこの街から出なくてはダメです」そうアランは言った。「でも、ドイツ人たちはこの地域のあちこちにいて、だんだん難しくなってきているんです」

アラン自身は、自分のこの先の運命についてはたいして希望を持っていなかった。というのも、テロ行為で告発されていたからだ。手榴弾をSSの輸送隊が通る道に投げ込んだそうだ。アランのボスであるマルセル・ランジュは、今年の七月二十七日に、ここサン＝ミシェル刑務所でギロチンにかけられて処刑された。同じように、仲間であったコンチータ、マリウス、アンジェル、レイマン、アリスも殺された。

「この廃墟みたいな収容所ではね」アランはにやりと笑う。「希望を持ち続けなくちゃならないんです。アンドレ・マルローを知っていますか？　有名な作家で、ちょうど十年前にゴンクール賞を取っているんですよ。『人間の条件』という素晴らしい小説でね」

「僕は、水泳に関する本以外はほとんど読書はしなかったんだ」

「この小説は、革命を志す共産主義者のグループが武力蜂起する様子を描いたものです。一九二七年に上海で起こった反乱ですね。その中で語られているのが、〈不条理への気づき〉と〈自分の運命に打ち勝つことができるという確信〉は共存しうる、ということなんです」

「なんだって？」

「物語の中に教えがあるんですよ」

「それで、アンドレ・マルローもその物語と同じようになったのかい？」

「ええ、もちろんです！　マルローは有名な作家であると同時に、強い意志を持ったレジスタンスでもあります。マルローはロット県〔フランスの中央山岳地帯、西南麓にある県〕の密林で戦い、逮捕されてこの刑務所に収監されたんです。でも、処刑されたアンジェルの兄弟たちは無事だったので、マルローがドイツへ移送される予定だった前の晩に、救出できたんですよ。この話を忘れないでください、アルフレッド。つきを呼ぶ話ですから」

一通り話すと、今度はアランがアルフレッドの話を聞きたがった。アルフレッドは、両親や姉弟たちが写った家族写真と、アニーの写真を見せた。警備員たちは、写真を持っていることを許可してくれていたのだ。そして、冬のこの日、牢獄で過ごす初めての夜にアランをコンスタンティーヌへの長い物語へと連れて行った。

フォランの沈黙

サン＝ミシェル刑務所の部屋の中で、フランソワ・ヴェルディエは、アルフレッド・ナカッシュがここにいることを知って驚いた。偉大なチャンピオン、トゥールーズのドルフィン、そんなナカッシュが妻や娘と共に逮捕されたのだという。職務質問されて数日後のことだったそうだ。

ヴェルディエは、農業機械の販売をしている企業のオーナーであり、トゥールーズの商事裁判所の判事だった。そして大のスポーツ愛好家であり、プールで〈アルテム〉とあだ名されるアルフレッドを称賛し、割れるような拍手を送っていたファンでもある。だが、さらにアルフレッドの知らない別の顔も持っていた。それは、オート＝ガロンヌ県で一番大きなレジスタンス・ネットワークのリーダーという顔だ。コードネームは〈フォラン〈大道芸人〉〉。見た目は、黒い瞳にバランスのとれた顔立ちで、実直な印象を与える。顔には殴られてできた傷があるのだが、それで人相が悪くなることはなかった。

ヴェルディエは、十二月十三日の朝、百人ほどの仲間たちと共に逮捕された。〈真夜中〉

と名付けられた作戦で、ＳＳの部隊や野戦憲兵たちが、ゲシュタポとその協力者たちに力を貸して行われたものだった。この大量逮捕は、レジスタンスにとっては大打撃となった。逮捕され壁の中に閉じ込められたヴェルディエだったが、アルフレッドのことを聞いて以来、ずっとこの偉大なチャンピオンのことばかりを考えていた。フランスのスポーツに大きく貢献した人物を逮捕したことに、怒りを覚える。そしてひそかにメッセージを送ろうと、ペンをとった。

アルフレッドは、同じ部屋にいるレジスタンス組織〈ＦＴＰ－ＭＯＩ〉のメンバーの若者アランから、丸めた紙に書かれたメッセージを受け取った。

「これを読んでください。あなた宛てです……」

アルフレッドは長椅子に座ると、注意深く紙を広げた。

『親愛なるアルフレッド。去年、あなたが百メートルバタフライでヨーロッパ記録を打ち立てたとき、私はその会場の観客席にいました。あのような力強い泳ぎは見たことがありません。そしてあなたの笑顔、とくにプールから上がってきたときの笑顔に私は魅了されました。悲しい日々が続くようになってから、私はしばしばあのときのことを思い返します。あなたが競技から締め出され、そして今逮捕されたことに、激しい怒りを感じています。数日のうちに私のことをもっとお話しできると思いますが、今はここには書くスペースもありませんし、またそんな軽率なことはできません。しかしながら、知っておいてほしいのです。あなたをここから出すために、私はできるだけのことをするつもりです。チャンピオン、どうかご自愛ください。ヴェルディエ』

「ヴェルディエ……、知っているよ。何度も競技会場に来てくれた」アルフレッドは驚いて言った。「来るたびに、励ましの言葉をかけてくれたんだ。どうしてヴェルディエさんがここにいるんだい？」

アランが声を落として言った。

「ヴェルディエさんは、〈MUR〉のトゥールーズ支部のリーダーなんです。ド・ゴールから直接任命されたんですよ。ほんとうにすごい人です。ひとりで〈MUR〉のすべての活動を統括していたんですから。パラシュート降下での荷物の受け取りや、破壊活動の準備、物資の回収、連合国相手に情報収集と交渉、新兵の採用・昇格、地下に潜ったレジスタンスの日々の管理運営といったことをやっていたんですよ。草刈り機やジャピー・エンジンの販売を装ってね」

「今はすごく危険な状態なのかい？」

「僕がわかっているのは、ヴェルディエさんは脅されても口を割ったりしない、ということだけです」

一九四四年四月、フリースポーツ

エミールは、パリで、友人アルフレッドの情報を得ようと手を尽くしていた。水泳クラブを回り聞き込んだけれども、手掛かりは掴めない。そこで、ジャンソン・ドゥ・サイイ高校の先輩たちを訪ねてみたところ、収穫があった。卒業生のひとりから、ラウル・ガッテーニョに会ってみたらいいのではというアドバイスをもらったのだ。調べてみたところ、ラウルは、スポーツ体育連盟の共産党員によって作られた〈フリースポーツ・ネットワーク〉のリーダーだった。〈フリースポーツ〉はビラをまく活動をしており、ユダヤ人に対する政策やフランスのスポーツ選手を強制的にアーリア人化する措置などを告発している。自身もテサロニケ〔ギリシャ北部の都市〕出身のユダヤ人であるラウルは、共産党青年部がやっているもぐりの印刷所のオーナーでもある。バスケットボール選手としても優秀であったらしい。スペイン領事館から与えられたパスポートのおかげもあり、ますます厳しくなっているゲシュタポの捜査をうまくかわしていた。だが、共に〈フリースポーツ〉を作った仲間であるオーギュスト・ドゥローヌは、一九四三年七月二十七日に捕まり、拷問を受けて二カ月後に亡くなっている。

エミールは、そのラウルと会う約束を取り付けた。指定された場所は、イヴリー＝シュル＝セーヌ駅のホームにあるベンチだ。次の列車を待つどこにでもいるふたりの男性、というふうに見えるようにということだろう。初めて会ったラウルは、かなりの緊張状態に置かれているはずだが、心穏やかに見えた。それが一番の防御なのかもしれない、とエミールは思った。

「ほら、君にあげるよ」ラウルがきれいに装丁されたラ・ロシュフーコーの『箴言集《しんげんしゅう》』を差し出してきた。

「こんなことしなくても……」

「きっと気に入ると思うんだ」

エミールは本を開いた。するとフランス共産党の機関紙『ボルシェビズム・ノート』が目に入り、びっくりした。

「こんな複雑な時代には、ちょっとした手品が役に立つのさ」ラウルが言う。

「今一番大きな問題は、何ですか？」エミールは質問した。

「紙だね。どんどん手に入れるのが難しくなってきている」

「僕たちが足りていないのは、小麦です。家族経営の製粉所は、ほとんどが停止しているんです」

ホームに集まっている人たちを一瞥すると、ラウルが低い声で言った。

「それで、君はアルフレッド・ナカッシュの友達なんだね？」

「僕にとっては、兄弟も同然なんです。逮捕されたということしかわからなくて……」

「俺の言うことを聞いても、安心はできないだろうがね。俺たちはビラを準備していて、明日刷り上がるんだ」ラウルはそう言うと、ベストから一枚の紙を引っ張り出してこちらの手に滑り込ませてきた。それは血が凍るような内容だった。


〈ナカッシュとヤング・ペレスは、シロンスク〔ポーランド南西部〕にいる！〉


フランス国民を全滅させる計画に従って、ドイツ人たちは、フランスが誇る素晴らしいチャンピオンに襲いかかった。

ヨーロッパで一番の水泳選手であるナカッシュは、最近、妻や子どもと共に占領当局に逮捕された。三人は別々の場所へと移送された。ナカッシュが送られたのは、シロンスクにある岩塩鉱山だ。そこに行って帰ってこられた者はいない。そしてそこには、ヤング・ペレスも送られている。ペレスは、チュニジア出身の素晴らしいボクサーで、小柄だが世界チャンピオンのタイトルを取り、フランスに栄光をもたらした選手だ。だが今、ヤング・ペレスは結核にかかっている。大衆から期待され、称賛され、尊敬されていたペレスは、今や憎むべきドイツ人により、弱々しく残された日々を数えるだけの人にされてしまった。

もしフランスのスポーツマンたちが何も反応しなかったならば、ナカッシュも同じ運命をたどることになる。

この捕らわれた人たちを助けるために、ヒトラーの牢獄から救い出すために、行動することが重要だ。フランスの誇るチャンピオンたちを救うための行動を何もしないなんて、許されることではない。

フランスのスポーツマンたちよ、立ち上がれ！　スポーツとフランスの若者を破滅へと追い込む者たちに対して、行動を起こすのだ！　すべての競技場で、飽きることなく、三拍子で叫んで要求しよう。アルフレッド・ナカッシュ！　ヤング・ペレス！　エティエンヌ・マトレ！

ドイツ人とその手下、親独義勇軍兵士、ナチス親衛隊、カルトネ、ジベル……皆フランスのスポーツマンたちからの怒りを込めた報復を感じることになる……。

スタジアムやプールに行ってほしい。

フランスの敵に我々のスポーツを売り渡した者たちへ、罵声を浴びせてほしい。

周りの人たちや仲間たちに、今の政府がドイツを満足させるために、どのようにして我が国のスポーツを破壊しているのかを説明してほしい。

そして、〈フリースポーツ〉を支持してほしい。〈フリースポーツ〉は、このすべてのならず者たちと闘い、戦争が終わったあと、真に自由なスポーツを行うための準備をしている。我が国に、力強い若々しさ、生きる喜びに満ちた若々しさを与えるために。

〈フリースポーツ〉（統一愛国青年団のメンバー）

アルフレッドは、シロンスクの岩塩鉱山にいる。ペレスとマトレも一緒に……。記事の内容はあまりにも衝撃的で、エミールは顔がこわばるのを感じた。名前の挙がったエティエンヌ・マトレは、〈地ならし屋〉とあだ名された、サッカーのフランス代表チームでキャプテンだった人物だ。マトレと聞くとすぐに思い浮かぶ出来事がある。一九三八年十二月にナポリで行われたイタリアとの試合直後、試合に負けたにもかかわらず、マトレはファンの集う薄暗い飲食店でテーブルに上がり、直立不動で〈ラ・マルセイエーズ〔フランスの国歌〕〉を歌ったのだ。この大胆な行動は、多くの新聞でもてはやされた。今手渡されたラウルの記事では、アルフレッドのライバルであるジャック・カルトネが名指しで非難されていた。エミールも、カルトネのことは常々信用できないと思っていた。そこで、カルトネの名前を指さして見せたところ、ラウルは返事代わりに眉を上げてみせた。その仕草は、これから親独派のカルトネを待ちうける大変な日々を予想させるものだった。

「それで、ポールとアニーは？　ふたりはどこに？」エミールは尋ねた。

「ふたりのことはわからない。もし何かわかったら教えるよ」

そう言うと、ラウルは突然立ち上がった。そしてまったくこちらに目を向けることなく、ホームに入ってきたばかりの列車に乗り込んでしまった。

一九四四年七月、両腕を左右に広げて

アルフレッドは、一番弱っている収容者たちを助けていたが、それは自分自身が苦しみに耐えるのを助けることにもなっていた。家族がどうなっているかまったくわからない状況を忘れさせ、次第に明らかになってきた事実を頭から消し去ってくれる。その事実とは、ここアウシュヴィッツ収容所は死の工場である、ということだ。アウシュヴィッツ収容所とは、ガス室や死体焼却炉といった死に至らしめる仕組みを備えた絶滅マシーンなのだ。

ドイツ人は、いったいどうやってこのような忌まわしいものを作り出すことができたのだろう？　フランスという国は、いったいどうやったら自分たち家族を列車に詰め込み、この

残酷なドイツ人たちのもとへ送り届けるなどということができたのだろう？　つい昨日のことだが、アルフレッドは、肺を患ったSS隊員の診察に行くワイツ先生に同行し、石の集積場のように何かが山積みになった場所の脇を通った。だが、それは決して見てはいけないものだった。死体の山だったのだ。折り重なって積み上げられ、そこここから手や脚が天に向かって突き出ている。まるでコンクリートブロックから飛び出ている、ねじれた鉄筋のようだった。その死の臭いは、時間が経つにつれてますます衣服に染み込みこんでいくに違いない。

収容所の端にある貯水池で泳ぐことは、もはや必要不可欠なことになっていた。肉体と精神、そして生命力を浄化するための儀式だ。この前の土曜日も、夜になると、アルフレッドはノアと共に貯水池に行き、泳いで速さを競った。ノアはクロールだが、アルフレッドは平泳ぎにし、さらにハンディをつけるために両脚をゴム紐で縛った。そのドロドロした汚い水の中での競争で、アルフレッドは僅差で勝利した。身体は痩せ、筋肉は傷めつけられていたが、まだまだ滑るような泳ぎは健在だ。まだ完全に恐怖の岸辺に打ち上げられてしまったわけではない。それは朗報であるに違いなかった。

競争が終わると、ふたりは貯水池の水面で仰向けになり両腕を左右に広げて、長い間浮かんでいた。まるで漂流している流木のように。貯水池の後ろで見張りをしているシャルルがサインを送ってくれる。今は大丈夫、というサインだ。収容所は寝静まっており、ブーツの足音は聞こえてこない。アルフレッドは、シャルルに全幅の信頼を寄せていた。建築を学んでいるシャルルはアール・デコ・マニアで、とくに陸屋根《ろくやね》〔傾斜のない平面状の屋根〕とボウウインドウ〔出窓の一種〕が好きとのことだった。建物の設計図を描くための紙を欲しがっていたので、アルフレッドは、可能なときは医療棟から紙を持ち出しシャルルに渡すようにしていた。

　身体を半分水に浸してリラックスしながら、アルフレッドはノアにアルジェリアのことを話して聞かせた。どうしていつも子ども時代のことを思い出すのだろう、と不思議に思いながら。スキークダ湾のフィリップヴィルで行われた〈クリスマス・カップ〉。ここでアルフレッドは水泳選手として初めて認められた。フィリップヴィルの海岸のうっとりするような美しさや、澄んだ水の中から岩々が突然顔を出す様子を話して聞かせる。湾の中にある小高い山のような島には、大きな白い灯台があった。つらい夜には、アルフレッドは、暗闇にのみ込まれた世界を見張るこの灯台のいかめしい姿を夢見ていた。思い出は、最後の命綱のようだった。

「僕の祖母、サラおばあちゃんのことはもう話したっけ？」

「まだ聞いてないよ」

「献身、無私無欲を体現したような人だった。一日中、カルチャラの家のキッチンで過ごしていて、食事の準備をしていたんだ。夜になると、疲れてダイニングチェアで眠ってしまっていたよ。小さなキッチンは、焼き立てのパンやミントやコリアンダーの匂いがした。おばあちゃんは、レモンシャーベットの世界チャンピオンだったよ。若者はみんな夏になると、カラマン通りやブレッシュ広場に行き、レモンシャーベットを食べるんだ。僕たちはクレポネと呼んでいるんだけどね。僕のおばあちゃんは、そのクレポネを手作りしていたんだよ。どんなふうに作っていたか、知りたいかい？」

「もうよだれが出てきたよ」

「まず、絞ったレモン果汁と砂糖で作ったシロップを用意して、シャーベット製造機の容器に入れる。丸い形の木でできた古いシャーベット製造機があるんだ。それから、容器にハンマーで砕いた氷を入れる。そこに粗塩を加える。そして、機械をひたすら、手が痛くなるまで回すんだ。すると、液体と氷がムース状になる。ごちそうの完成だ」

「おばあちゃんのことが大好きなんだね……」

アルフレッドは寂しく笑った。切ない気持ちでいっぱいになる。そして、子どものころの思い出話を続けた。「僕はいつもキッチンにいるおばあちゃんを見ていた。野菜や果物の皮をむいたり、切ったり。びっくりするような速さでスライスしたりサイコロ状に切ったりしていたよ。まるで手品を見ているようだった。おばあちゃんは目が悪くて、身体も不自由だったんだけど、でも手はね、素晴らしく軽快に動いていたよ[34]」

レオン、ジェラール、シャルルがふたりを見守ってくれていた。ノアが星のきらめく空を指さしながら名前を挙げていく。宵の明星、オリオン大星雲、プレアデス星団……。ノアには全部わかるようだった。金色に輝くネックレスのような星々の中に、アルフレッドはポールの瞳が見えるような気がした。「偉大なる創造主のウインクだね」ノアがそうふざけて言い、水の中をくるっと後ろに一回転した。

ピーッという音が聞こえた。一回、二回……。シジュウカラの鳴き声をまねた警告のメッセージだ。ブーツの音が近づいてくる。アルフレッドはノアと共に素早く貯水池から出ると、濡れた身体に囚人服をまとった。そして、見守ってくれていた三人のあとを追い、バラックのほうへと向かった。こうして泳ぐことで、恐怖を乗り越え、人間であり続けることができると感じた。それから七週間続けて、毎週日曜日にふたりは泳いだ。泳ぐことで、ナチに立ち向かっていた。それは、十一月になって氷霧が見られるようになり、極寒の季節がやってくるまで続けられた。

一九四四年十月、共和党日刊紙『レコー・ダルジェ』

〈チャンピオン・ナカッシュ死亡

シロンスクにてドイツによる犠牲者となる〉

アルジェにて。日刊紙『ル・パトリオット・ドゥ・リヨン』は、アンリ・ベルヌの署名入り記事で、フランスチャンピオンであり水泳の世界記録保持者でもあるアルフレッド・ナカッシュが、強制収容所で死亡したことを伝えた。『我々は、この偉大なフランス人競泳選手の姿を、もうプールで見ることはできない。我々のチャンピオンにもう会うことはできない。ナカッシュは身体が強かっただけでなく、それと同じくらい道徳心も強かった。ナカッシュはドイツ人によって殺された。ユダヤ教徒だったという理由で……』

トゥールーズのフランス選手権大会では、ナカッシュはスポーツ教育庁によって、棄権させられた。そのような不当な出来事を受け、ナカッシュの水泳仲間たちは、自発的に大会出場を拒否し、敵を激怒させることになった。敵とはつまり、ナカッシュをナチスに逮捕させた者たちのことである。逮捕後ナカッシュは、妻や娘と共に死刑の前段階といわれているドランシー収容所へ送られた。続いて、シロンスクの岩塩鉱山に移送され、そこからこの悲しいニュースが届いたのである。

フランスの唯一の世界記録保持者は、ドイツ人によって殺された。ナカッシュは、一九一五年十一月十八日コンスタンティーヌ生まれ。若い盛りである二十九歳で死亡した。まだまだ多くの偉業を達成できたと思われる。

一九四四年クリスマス、アウシュヴィッツ

あの明るかった電気技師のレオンから、もう歌う気持ちが消えてしまった。シャルル・トレネ〔フランスの歌手、作詞家、作曲家〕よ、さようなら、だ。トレネのヒット曲に〈喜びあり〉という歌があるが、喜びはもうないし、歌詞に出てくるツバメもここからは見えない。その代わりにここから見えるのは、ぐるぐると旋回している大きなカラスだ。投光器が放つまぶしい光の中をカラスが飛ぶ光景は、アウシュヴィッツに来たときから見ており、黙示録の光景としてアルフレッドの中に刻み込まれていた。レオンはもう歌わなくなった。その代わりに、信じがたい話を語り出した。一緒に耳を傾けていたのは、ジェラール、ヴィクトール・ペレス、そして〈キッド・マルセル〉だ。マルセルもまたボクサーなのだが、アウシュヴィッツに来て以来、持ち前の不良っぽさが薄れてしまっていた。レオンの話によると、昨日の夜、つまりクリスマスイブの真夜中に、レオンを含む電気技師たちの捕虜作業班は、SSの派遣隊に叩き起こされた[36]。

「『急げ！　外に出ろ！』と将校に言われたんだ」レオンの声には抑揚がなかった。「バラッ

クから少し離れたところにトラックが待っていた。ムッシュー・モルザンもいたよ。でも、どうしてみんなムッシューを付けて呼ぶのかな？　たぶん会ったとたんに尊敬の念を抱いてしまうところがあるからなんだろうね。僕たちは、ビルケナウ〔アウシュヴィッツ第二収容所〕に連れて行かれて、火葬場送りになるんじゃないかと思った。だったら、トラックを降りるときに誰でもいいからＳＳのやつを捕まえて、首を絞めてやろうと考えていた。僕は殺されるが、そいつも道連れにできるからな」

「確かにそうだな」キッド・マルセルが相づちを打った。

「移動中は、トラックに幌がかかっていて、どこに向かっているのかわからなかった。でもガスの臭いはしなかったから、それはいいサインだと思った。トラックが止まると、カポが飛び降りるように言ってきた。そこで、雪に覆われた野原にいることがわかったんだ。朝の三時くらいだったと思う。恐ろしいほど寒かった。僕たちの前方の少し離れたところに線路があって、レールの上には貨車が停まっていた。客車じゃなくて、荷物を運ぶためのただの貨車だよ。ＳＳたちがカポに説明しているのが聞こえてきて、それによると、貨車に行って扉を開け、そこにあるものすべてをトラックに移動させる、ということだった。誰がその貨車の扉を開けたのかもうわからない。だけど中には……赤ちゃんがいたんだ。たくさんの赤ちゃんだ。みんな死んでいるように見えた。服を着ている子もいれば、裸の子もいた。嫌な臭いがしたよ」

「やめてくれ、レオン」ヴィクトールが言う。だが、アルフレッドは、話してもらわなければと思った。

「いや、続けて」

「僕たちは赤ちゃんを外に出して、トラックまで移さなきゃならなかった。SSたちは、きちんと並べるように要求した。貨車とトラックでは大きさが違うからだよ。貨車のほうがずっと大きかったから、きれいに並べていかないと全員をトラックに載せることができないと思ったんだろう。僕たちは貨車によじ登って、赤ちゃんを抱き、飛び降りて、十メートルほど離れたところに停められたトラックまで運び、赤ちゃんの死体を並べていった。それを五回、十回、二十回と繰り返した。トラックには、赤ちゃんの山ができていったよ。列を作って行ったり来たりを続けていたとき、モルザンとすれ違った。ちょうどそのとき、モルザンは赤ちゃんを腕に抱いたまま、固まったんだ。僕は声をかけた。『ムッシュー・モルザン、どうしたんですか?』ってね。そうしたら、『レオン、赤ちゃんは死んでない』って言ったんだよ。だから僕は、列を離れて、『SSに説明しに行きましょう。ふたりで行ったほうが勇気が出ますからね』って言ったんだ。そしてふたりでSSのところに行って、モルザンが片言のドイツ語で説明した。赤ちゃんは死んでない、動いたってね。SSは僕たちを見て、ふたりの馬鹿が来たと判断したようだった。というのも、どうすべきかがSSにとってはあまりにも当然だったからなんだ。そいつはモルザンの腕の中にいる赤ちゃんの足を掴んで持ち上げ、そして……バチンって、トラックに叩きつけた。赤ちゃんは地面に落ちたよ」

「わかったよ、レオン」アルフレッドは深く息を吐きながら、レオンの肩に手を乗せた。だがレオンは、最後まで話したいようだった。

「SSはリボルバーを出して、赤ちゃんに狙いをつけ、撃った。それから僕たちのほうを見て、ニヤッと笑って言ったんだ。『解決方法が知りたかったんだよな。とても簡単なことだ。子どもは死んだよ』モルザンはそのかわいそうな赤ちゃんを抱き上げると、トラックまで運んだ。貨車が空っぽになると、トラックは走り去り、二十人ほどいたSSは、僕たちをパラックに連れて帰った」

レオンは息をついた。

「そのときには、もう日が昇っていた。これが僕の過ごしたクリスマスイブだよ」

撤退

このころ、監視塔の向こう側の世界では何が起こっていたのだろうか？　情報は、ナチス将校たちの会話を盗み聞きした、その脈絡のない言葉の端々からしか得ることはできない。

だが幸い、ノアやロベール・ワイッ先生はストラスブール出身で、ドイツ語が堪能だ。そのため、ソ連軍がドイツ第三帝国にどんどん迫ってきているらしいことが理解できた。盤石だと思われていたドイツ帝国の支配だが、アメリカの上陸作戦によってあちこちにひびが入ってきたようだった。

徐々に包囲網を狭められ、噂ではヒトラーさえも追い詰められているとのことだ。

「もう少しだ。持ちこたえるんだ」ワイッ先生が父親のような愛情をこめて、声をかけてくれた。

事実、一九四五年の初めには、収容所の参謀部はパニックに陥ったようだった。収容者たちを連れてきていた軍用トラックが、今度は旅行カバンを満載にして出ていく。スターリン率いるソ連軍が数キロ先まで迫っていて、ドイツ軍からの応援はまったくあてにできない状況のようだった。一九四五年一月十八日、ついに退去命令が出される。ドイツの軍人たちが右往左往する中、収容者たちは自分たちがどうなるのかとおびえていた。自分たちをここに残してさっさとドイツに逃げ去ってほしい。だがそうはならなかった。ナチスの軍人たちは大声で喚き散らしながら、年配者や病人を機関銃で撃ち殺し、身体が丈夫な者たちだけを集めて並ばせた。

〈死の行進〉の始まりだった。

小さな兵士

マイナス十度の凍てつく寒さだった。アウシュヴィッツから連れ出された数千人の収容者たちは、横五人縦二十列の隊列を作り、林に沿って歩かされていた。犬の吠え声、そしてSSが隊列から遅れた者たちを叩く音が聞こえる。ときおり乾いた銃声が平原に響いた。飢えと渇きがひどく、またどこに向かっているのかもわからない。収容者たちは、アウシュヴィッツのバラックに地獄を残してきたわけではなかった。地獄と共に新たな奈落へと向かっていたのだ。地獄は、痛めつけられた収容者たちの身体に深くかみつき、決して離れてはくれなかった。

アルフレッドは、共に泳いだ仲間であるノアの横を歩いた。ノアとは友達になったのだろうか？　アルフレッドは、友情という言葉の意味がよくわからなくなっていた。ノアは話し相手であり、信頼している誠実な仲間だ。ヴィクトール・ペレスと同じように。ふと見ると、ヴィクトールが近くに来ていた。拘禁刑で受けた傷が残ってはいたが、若いボクサーは相変わらず勇敢だ。とはいえ、身体は痩せ細り、歯のほとんどを失っていた。ヴィクトールは、ナチスの将校たちに命じられ、リングに上がり続けた。それは、物悲しくも滑稽な茶番劇のようにお粗末な試合だったが、もしかしたらそれで生きる権利を勝ち取れるかもしれないというものだったからだ。

アルフレッドやノアと同様に、ヴィクトールも一番弱っている人たちが立ち上がり歩き続けるのを助けた。そして、もう残っていないはずの力を振り絞って、愉快な話をする。それはささやかではあるが、支えにはなったはずだ。ヴィクトールはまるで周りを兵士たちに取り囲まれてなどいないかのように振る舞っていた。ナチスの兵士たちの中には、かなり若い、おそらく十五、六歳だろうと思われるような少年もいる。まだ幼さの残る顔からは、激しい恐怖が読み取れた。食べ物が足りていないのは、そういう兵士たちにとっても同じことだった。この行進は逃げだ。敗走だ。目的などないのだ。昼と夜の区別がつかなくなった。進めなくなるとSSは隊列を止めた。収容者たちは身体を寄せ合い、なんとか身体を温め少しでも眠ろうとした。アルフレッドは、いつものようにヴィクトールと背中合わせになるように腰を下ろして、胎児のように丸まった。

「なあヴィクトール、いったいあとどのくらい耐えられるかな」

ヴィクトールが深く息を吸った。すぐには返事がなかった。

「アルフレッド、リングの上では決して諦めてはいけない。それは君もよくわかっているはずだ」息を吐きながら答える。「一ラウンドで、すべてが変わってしまうことがある。プールの中だって同じだろう？　もし対戦相手の関節の動きが悪くなったら、もし水を飲んでしまったら……。気がつくと、君は相手を抜き去っている。変えられないことなど何もないよ」

「君を見ているとアルバンを思い出すよ。トゥールーズにいたときの僕のコーチでね。試合の前はいつも楽天的だったんだ」

「モンテ・クリスト伯だよ、アルフレッド。モンテ・クリスト伯を忘れるな」

「ポールとアニーがどうなったかも、僕にはわからないんだ。昨日の夜は、ふたりがコンスタンティーヌに戻っていたという夢を見たよ」

「またふたりには会えるさ、アルフレッド。眠るんだ」

この夜、アルフレッドは少し眠れたと感じた。だがヴィクトールはさらに長く眠れたようだ。ヴィクトールのこの精神力、強い心は本当に素晴らしいと思う。痩せた身体の中には、常に強力なパンチを繰り出すボクサーの魂が脈打っているのだ。

数日が過ぎたが、景色は変わらなかった。風でカサカサと音を立てる枯れ木、凍りついた道、雪の積もった平原は、雲が低く垂れ込める灰色の空のせいで暗い。飢えに苦しめられ、倒れたらもう起き上がれない者もいる。そんなときは、たいてい頭にピストルの弾を撃ち込まれて終わるのだ。

だが、ある若いＳＳの兵士は、違う反応を見せた。消えつつあるドイツ第三帝国、その最後の新兵なのではと思えるような少年兵は、こっそりと地面に倒れた収容者に近づいた。収容者は天に手を伸ばしていた。少年兵はその手のひらにそっとパンのかけらを置くと、雪の上に落としてしまわないように、収容者の凍えた指を一本ずつ閉じてそのパンを握らせた。兵士は、さらに倒れた男に何か言葉をかけ、それからナチの隊列へと戻った。上官はそれらの行為を見ていなかったようだ。地面に横たわる男は、震えながらパンを口元に運んだ。アルフレッドは、ノアと一緒に倒れた男を再び起き上がらせ、ほとんど意識のないその身体を支えて機械的に歩かせた。あの軍服の少年は誰なのだろう？　アルフレッドは思った。SSの制服がまったく似合っていなかった。少年兵がこちらを振り向き、倒れた男がまた歩き始めたかどうかを確認する。そして歩いているのを確かめると、首を縦に振りながら微笑んだ。このカオスと化した恐ろしい行進の中で、その若い兵士の振る舞いは、夜の闇の中にあるほのかな光だった。

それはダメだ、ヴィクトール……

収容者たちは、喉がカラカラに渇いていた。もう柄杓《ひしゃく》ですくった水が回ってくることはなくなった。口に含める水は一滴もない。雪があればそれを貪り食い、恐ろしい渇きを鎮めるしかなかった。耐えがたいうめき声の中、ときおり苦痛の叫び声が上がる。それはまるで、傷んだバイオリンから出る甲高い不協和音、またはひとりひとりを切り刻んでいくノコギリの音のようだ。少し開けたところで、兵士たちの飲食のために隊列が止められた。と、そのとき、アルフレッドはヴィクトールが何か合図を送ってきているのに気がついた。指さすほうを見ると、空き地の奥に土手があり、その向こうに煙が上がっている煙突が見える。

「何がしたいんだい?」

「アルフレッド、食べ物を探しに行ってくる」

「頭がおかしくなったのか?」

「エドモン・ダンテスならどうしたと思う? ドイツ人たちはかなり向こうにいる。これは俺たちにとって最後のチャンスだ」

アルフレッドは、馬鹿なことをするなと止めたかった。だが、そうするより早く、ヴィクトールは隊列を離れて土手をよじ登り、木々の中に見えなくなってしまった。必死で探したが姿はなく、木々の隙間から家が見えるだけだ。アルフレッドは、兵士が来てヴィクトールがいないことに気がついてしまうのではと思い恐ろしかった。ヴィクトールは有名人で、注目を集めるスターなのだ。果てしなく思えるような数分が経ち、やっとヴィクトールが姿を現した。食料を詰めた袋を両手に持っており、満足げな表情だ。「全員分のがあるぞ!」そう叫ぶ声が聞こえる。と、そのとき、魔の悪いことに兵士がひとり、小便をしていたのだろう、ズボンのファスナーを上げながら木々の間から現れた。声に反応してヴィクトールのほうを向く。それに気づいたヴィクトールは、持っていた袋を落とした。そして鳴り響く機関銃の掃射音……。ヴィクトールは仲間のほうを見たまま、ばったりと倒れた。

兵士は、隊列を作れと大声で怒鳴り、棍棒を振り回して収容者たちを集めた。アルフレッドも、流されるようにおびえた男たちの群れの中に入った。もうヴィクトールには会えない。アルフレッドは、自分も死にたいと思った。雲が垂れ込める空は、世界の終わりのような色をしていた。

＊＊＊

七十キロほど歩いて、グリビツェ〔ポーランド西部、シロンスク県の都市〕収容所の前にたどり着いた。自分たち以外に人影はない。SSたちがそこで隊列をふたつに分け、アルフレッドとノアは別のグループに入れられた。何の目的なのか？　これからどこへ行くのか？　将校たちからは何の説明もなかった。収容者たちはもう生ける屍のようだったが、その中でささやかれた話によると、片方はドーラへ、アルフレッドのいるもう片方はドイツへと向かうらしい。どう考えても、良いことが待っているとは思えなかった。ここでノアと別れの挨拶をしなくてはならない。アルフレッドはノアを腕に抱きしめた。

「君には本当に魅了されたよ、ノア。人生で何かしらのことを成し遂げてくれよな」
「約束するよ」ノアが微笑む。「アウシュヴィッツの水泳選手のことは絶対に忘れない」

＊＊＊

アルフレッドは、他の収容者と共に、棍棒で追われるようにして列車に乗せられた。金属製の貨車で、屋根はなく、空が見えた。それから三日間、食べ物も与えられず、家畜のようにぎゅうぎゅうに詰め込まれたまま過ごした。数カ月前にドランシーを出発したときと同じように。ただし、今回、アルフレッドはひとりだった。ポールもアニーもいない。ふたりが今どうしているのかさえまったくわからなかった。アニーは、最後に会ったときから一歳お姉ちゃんになっている。今はもう話したり、踊ったり、歌ったりしているはずだ。ママと同じように陽気な女の子だろう……。列車は途中何度か停車し、そのたびに、おそらく近所に住む村人たちからなのだろう、いくばくかのパンのかけらが車内に投げ込まれた。その施しをめぐって貨車内では絶望的な奪い合いが起き、列車の外からそれを見て大笑いしているのが聞こえた。

アルフレッドは、他の収容者と同様、飢えや渇きだけでなく、寒さにも苦しめられた。冷気は四方八方から入り込んでくる。さらに、線路の上を走る列車の振動も、耐えがたいものだった。詰め込まれた人たちは、まるで手足に力の入らない人形のように、右に左に、前に後ろにと、揺さぶられ続けた。アルフレッドは、突き刺すようなひどい頭痛に襲われていた。隣にいる男性は、こちらの手をしっかりと握りしめている。見ると、男性の頬は涙で濡れていた。この男性もまた、どこへ向かっているのかも知らず、家族がどうなってしまったのかもわからないのだ。列車内で死んでしまった人は、スペースを確保するため、外に投げ捨てられた。到着は、アウシュヴィッツのときと同じように突然で乱暴なものだった。歯車のきしむ音。空気が吐き出される音。続いて静寂に包まれる。認識できたのは、雪、煙、そしてめまいだった。ついに終点に着いたらしい。目の前には、巨大な要塞があった。北風を受けて、エッタースベルク〔ドイツ・テューリンゲン地方〕の丘の上にそびえ立つ、ドイツのブーヘンヴァルト強制収容所だった。

新たに収容され、新たに名簿に書き加えられる。今度は１２４４１という番号で。

アウシュヴィッツのときと同じように、また全員が全裸になるよう命じられた。凍えて、飢えた、シラミだらけの身体がさらされる。幾人かはチフスにかかっているようだった。目の前には、黒い液体で満たされた大きなプールがあった。

「そこに入って頭まで浸かれ！」ＳＳが叫ぶ。

アルフレッドは、レオンがいるのに気がついた。モンマルトルのわんぱく小僧と言われたレオンは、おびえ、恐怖で身体が震えている。ＳＳが棍棒を振り回しながら急かしてきた。アルフレッドはレオンのそばに行き、プールの端にかかっている鉄製のはしごを降りるのを手伝った。そして、一緒にゆっくりと水の中に入る。水はどろどろで、底に足が着いたときには首の下まで浸かっていた。

「大きく息を吸って」アルフレッドはレオンにささやいた。「そのまま息を止めて着実に進んでいこう。向こう側までは十メートルだ。それ以上はないからね。僕もすぐ後ろをついて行くから」

レオンが、わかったというようにしっかりと目を合わせてきた。どうやら覚悟はできたようだ。周りでは、他の収容者たちが、もがき、声もなくおぼれていくのが見える。そんな中、アルフレッドはレオンのあとをゆっくりと進み、反対側までたどり着いた。そして、力を振り絞ってレオンの身体をはしごの上に押し上げた。タイル貼りのプールサイドでは、消火用のホースを持った男たちが待ち構えており、プールから上がるや否や、疲れ果てた身体にものすごい勢いで水をかけてくる。身体についているドロドロした黒い液体を洗い流すためだ。

「消毒液だ。やつらは〈クレジル〉の中に浸かれと言ってきたんだ。便所の消毒液じゃないか」アルフレッドは思った。「これを飲んでしまった人たちは、大丈夫なんだろうか？」そう心配になる。

この忌まわしい収容所は、人であふれていた。毎日毎日、あらゆるところから大勢の人が運ばれてきて、元からいた人に加わっているのだ。そんな中ナチスの将校たちは、やってきた収容者たちを選別していた。ひとりのカポがレオンに近づき、ドイツ語で話しかけた。

「１７２７４９はおまえか？　電気技師なのか？　よし、おまえを探していたんだ」

アルフレッドは聞き耳を立てた。

「何を言われたんだい？」

「百キロほど離れたゾンネベルク〔ドイツ・テューリンゲン州にある町〕という町に、重要な工場があるらしい。歯車を作っているそうなんだけれど、そこで電気技師や技術者が足りていないというんだ。それで、収容者の労働力を管理している部署が、アウシュヴィッツの僕がいた技術者グループのことを教えたらしい」

「ラッキーじゃないか、レオン。また会おうな……」

別れの挨拶も終わらないうちに、カポは乱暴に割って入り、レオンを連れて行ってしまった。アルフレッドのほうは、〈小さな収容所〉と呼ばれる医療棟へ連れて行かれた。働けなくなった人たちがいる区画にある建物だ。そこで〈選別〉を担当する将校に会ったのだが、ひと目でこちらがアルフレッド・ナカッシュであると気づいたようだった。アウシュヴィッツのときと同じで、ＳＳの将校は、自分のいる収容所に有名選手が来たことを喜んでいる様子だ。

ブーヘンヴァルト強制収容所で〈小さな収容所〉と呼ばれているこの施設は、名前に反してとても大きな病院だった。辺りには、突然倒れ込む人たちが何人も見える。ふと建物入り口に目をやると、薄もやの中に背の高い人物がいた。黒いベレー帽をかぶり、面長の顔に四角い大きな眼鏡をかけ、足を少し引きずって歩いている。アルフレッドは、すぐに誰だかわかった。ロジェ・フシェ＝クレトだ。トゥールーズのジャーナリストであり、レジスタンスでもあり、ドルフィンズ水泳クラブの仲間アンドレの兄弟でもある。確かもぐりの新聞『反枢軸国のフランス軍』を発行していたはずだ。酒場で出会ったときには、いつもナチズムの危険性を訴えていたものだ。アルフレッドは近づくと、声をかけた。

「ロジェ、しょっちゅう君のことを考えていたよ」そう言って抱きしめる。「いつか偶然、会えるんじゃないかという気がしていたんだ。本当だよ」

「俺はもう一年以上ここにいるんだ」ロジェの声はしっかりとしていた。「アウシュヴィッツのことを聞かせてくれよ」

「あそこでは、恐ろしく孤独だった。フランス語を話す仲間たち同士で、できるだけ支え合っていたんだ。妻と娘はどこにいるのかわからない」

ロジェが少しの間押し黙り、そして言った。

「こんなことが起こるなんて、誰も、誰ひとりとして想像できなかったよ、アルフレッド」

「いつも警告してくれていた君でさえ、そうなんだね」

誰ひとりとして……。アルフレッドは心の中でつぶやいた。頭の上にダモクレスの剣がぶら下がっていたなんて、想像できなかった。しかもその剣は、仲間のふりをした下劣な男、ジャック・カルトネが吊るしたものだったのだ。

と、そのとき、ロジェが離れて建物の裏に回るようにと、手でサインを送ってきた。バラックの裏に行くと、ロジェは警備員に見られていないことを確認し、ベストのポケットから大きな手帳を出した。

「これは〈回想録〉だ。俺の考えやデッサンが書いてあるんだが、仲間たちにも書いてもらっている。もしいつか君も何か書きたくなったら、遠慮なく言ってくれ」

そう言うと、ロジェがその秘密の手帳を差し出してきた。もし、これを持っているところを見つかったならば、自分だけでなくこのノートに記入した人たち全員が一斉に殺されてしまうだろう。アルフレッドはノートを受け取り素早くめくった。

「ゆっくり見ていいよ。いくつか文章を読んでみて」

アルフレッドは、ロジェの書いたページが目にとまり、読み始めた。〈奴隷市場〉について書かれたもので、『毎朝、まだ薄暗いうちに行われている』とある。

「それについてはまたあとで話すよ。続けて読んで」

そのページの左上には、実業家一家出身だというマルセル・ミシュランという人がこう書いている。『私は五十八歳だ。そして〈障害をものともしない〉とはどういうことなのか、わかっている。障害は大きいが、それでも私はそれをものともせずに乗り越える』アルフレッドは微笑んだ。このマルセルという男は、決然としているじゃないか。

続くページには、トゥールーズの県庁職員だというアルマン・パスキエが、二行だけ言葉を残していた。アルマンの名は聞き覚えがある気がした。〈フランソワーズ〉[37]のレジスタンス・ネットワークのメンバーだったそうだが、かなり気持ちが沈んでいた。『私が書けることは無意味なものでしかない。ブーヘンヴァルト強制収容所での監禁のせいで、もう気力がない。申し訳ない』

書き込んでいる人は、皆この収容所の〈弱肉強食の世界〉について語っている。ここは、暴力によって秩序が保たれているのと同時に、命が一本の糸でしかつながっていないカオスと化した世界でもあるのだ。アルフレッドは、最後にフロジェ博士という人物の書いた文章に目をやった。博士はパリ近郊のアンドル＝エ＝ロワール県の医者とのことで、面白い言葉を残している。『ブーヘンヴァルトは他よりもいい。ヴェーダが実行できる』

「ロジェ、このヴェーダって何だい？」

「東洋の哲学が書かれたものだよ。この大混乱の中では、すべてが役に立つ」

ロジェは、足が弱っているのだろう、少しふらつきながらこちらの手から手帳を取った。そしてページをめくると、ある言葉を見せてきた。

「ほら見て。ドイツ人の収容者アントン・ジマーが、俺に書いてくれた詩だよ。余白に翻訳したのを書いたんだ。とても誠実だと思う」

アルフレッドは壁のほうを向いて、その文章をゆっくりと読んだ。

私は心に太陽がある。私には信頼と勇気がある。
私は心に太陽がある。すべてはうまくいくだろう。
もしいつか、あなたの中で、私の名前を思い浮かべることがあったら、
心ひそかに思ってください、
あなたは私を知っていたと。

心の中の太陽。そのイメージは、まるで澄んだ水のように優しかった。トゥールーズのドルフィン、コンスタンティーヌの子ども……。この詩を書いたドイツ人は、こちらのことを語っているかのように思える。シディムシドの小さな楽園、大好きだった生活……。このドイツ人は誰なのだろう? アルフレッドは、この言葉を忘れることはないだろうと思った。きっと暗い考えを追い払い勇気を奮い立たせるために、毎日暗唱するだろう。〈希望〉は、〈死〉から最も遠い言葉なのだから。

それから一カ月後、アルフレッドはロジェに手帳を貸してくれるよう頼んだ。内容は考えてあった。ペンを持ったのは、実に十五カ月ぶりのことだ。その晩は、見通しが利かないほど雪が降っていて、スピーカーからはスウェーデンの歌手ツァラー・レアンダーの歌が流れていた。ツァラーは、ナチス御用達の強い影響力を持つ女性だ。アルフレッドの心にあったのは太陽ではなく、雷鳴だった。そして、簡潔にロジェとの再会について触れたあと、本題

に入った。

いつかその日が来るだろう。苦しみ、拷問、死体焼却場の灰が正義を呼んでいる。残忍なやつらの上に、容赦ない復讐が襲いかかるだろう。我々には、まだ耐えなければならない辛い時間が残されている。だが、新たな人間性を描く新しい道を示す決心に満ちているのだ。

信心深いわけではなかったが、ページの一番下にフランス語とイディッシュ語でこう付け加えた。

すべては聖書に書かれている。そして、神の御心によって我々は困難を切り抜けるだろう。

一九四五年四月十一日

ついに救い主たちがやってきた。それはアメリカ人だった。アメリカ軍兵士、連合国の仲間、第七軍団の若者たちだ。アメリカ兵たちは堂々としていた。くわえ煙草でヘルメットを斜めにかぶり、サングラスをかけていた。それにほとんどの兵士がガムをかんでいる。ナンバーワンのガム、リグレーだろう。だがそんな兵士たちも、収容所に入って見た光景で胃袋がひっくり返ったようで、視線を逸らしたり、ハンカチを口元に当てたりしていた。兵士たちの目の前にあったのは、痩せ細った死体の山、衣服や靴の山、そして、ただ さまよい歩く幽霊のような人たち。男も女も正気を失い、狂気の世界に入り込んでいる。心構えもなく突然そのようなものを見せられたのだから、そんな反応も無理はなかった。しかしアメリカ兵たちの対応は早かった。解放者としての使命を確信したように。

アルフレッドは、アメリカ兵たちの有能さだけでなく、その心安い態度にも驚いた。軍の看護師たちは、野戦病院へ行くのにその華奢な腕を貸そうとまで言ってくれた。だが、アルフレッドは丁寧に断った。ひとりで歩ける程度には十分体力が残っていたからだ。アメリカ軍には、自分の身分やここに連れてこられた経緯を話した。アルフレッド・ナカッシュ。一九一五年十一月十八日、コンスタンティーヌ生まれ。アルジェリア出身のフランス人。ユダヤ教徒。水泳の記録保持者。体育教師。妻ポールと娘アニーの三人家族。一九四三年十二月二十日にトゥールーズで逮捕。一九四四年一月二十三日にアウシュヴィッツへ移送……。

天幕の下に誘導され、そこで軍医大佐コリンズから健康チェックを受けた。体重は四十キロちょっとになっていた。元気なときの半分だ。さらにコリンズから聴診、触診などを受ける。肺に少し疲労があり、栄養失調のせいで皮膚のあちこちに感染症があると言われ、また、足も休ませることが必要とのことだった。だが、深刻な症状はなかった。

「君は飛行機に乗れるよ。フランスへ戻れる。嫌なことはすべて置いていってくれ」コリンズが完璧なフランス語で言った。

「フランスに行ったことがあるんですか?」

「ああ、あるよ。パリ解放のあと、去年の八月にね。一時滞在したから、そのときに急いでフランス語を習ったんだ」

天幕から出る直前、アルフレッドは眉根を寄せていたコリンズから大声で呼び止められた。

「ナカッシュ! プールへ戻ることを忘れるなよ! アメリカ人は君がやり返すのを待っているぞ」

アルフレッドは、両肩を上げてみせた。『もちろん』という意味だ。そして、このアメリカ人はいいやつだな、と思った。

世界と再びつながる

一九四五年四月二十八日。アルフレッドは、ピティエ・サルペトリエール病院に入院していた。清潔なシーツが敷かれたベッドに横たわっていると、階下から子どもたちの遊んでいる声が聞こえてくる。深く眠ることができたのは、数カ月ぶりだ。目を開けてもなお、さっきまで見ていた夢の残像があった。靄がかかったようにはっきりせず、内容も奇妙なものであったけれども。夢の中で、アルフレッドはシディムシド・プールで水球をしていた。弟たちがいて、ヤング・ペレスがいて、ノアやフェリックスもいたと思う。鉛のように暗い太陽の下で、試合をしていた。

頭上には、高い飛び込み台があった。それは実在しないもので、真っ白なエッフェル塔のようだった。飛び込み台の上にはポールがいて、高飛び込みの準備をしていた。飛び込み台の高さは三十メートルくらいあったと思う。ポールはプールに背中を向けていた。背中が大きく開いた青い水着には、たくさんの星がきらめいていた。すらりと長い脚は、日に焼けている。アルフレッドたちは試合を中断し、ポールに頑張れと声をかけた。ポールはジャンプし、腕を後ろに伸ばしてくるりと回転した。だが、そのまま水面に向かって飛び込んでくると思いきや、くるくると回転し、そのスピードはどんどん増して竜巻になり、白い雲の中へと見えなくなってしまった。

　みんなで雲の中にいるポールの姿を探していると、ポールはかくれんぼを始めた。ときおり雲から顔を出して、こう言うのだ。『私はここよ、男子諸君！』そしてまた隠れてしまう……。ガチャッとドアの開く音がして、看護師が部屋に入ってきた。夢の残像は消えていった。

「あなたに会いたいと言っている人がいますよ」

「誰ですか？」

「お友達だというジャーナリストです」

「入るように言ってください」

　顔を見せたのは、旧友のベルナールだった。ベルナールは、数年間フランスのラジオ局の取材ということで、アルフレッドが出場する試合に来てくれていた人物だ。オーベルジュ地方リマーニュ平原出身で、頭の切れる陽気な男だった。父親はヴォジラール地区のデロンム通りでビストロを経営している。〈ル・モンドール〉という名のその店は、パリで一番おいしいアリゴ〔チーズ入りマッシュポテト〕が食べられる、アルフレッドのお気に入りの場所のひとつだった。

「ベルナールじゃないか。少なくとも痩せてはいないな」

「アルフレッド、君はユーモアのセンスをなくしてないね」

アルフレッドは手を差し出し、ふたりは固い握手を交わした。

「どうしてここがわかったんだい？」

「救急隊員が君を見て誰だかわかってね、僕に情報を流してくれたんだ。ここではみんな、君がずっと前に死んでしまったと思っていたんだよ」

そう言うと、ベルナールは一九四四年十月付の新聞『レコー・ダルジェ』を差し出してきた。ナカッシュは死んだ、と書かれている新聞だ。自分自身の死亡記事を読むというのは、奇妙な体験だった。ベルナールはさらに、それから一カ月後にトゥールーズで発行された『ラ・レピュブリック』紙もカバンから取り出した。〈忘れられない人たち〉というタイトルがつけられている。つまりは故人ということだ。その記事では、アルフレッド・ナカッシュの歴代の成績や、誠実でまじめな人柄などが、つらつらと書かれていた。ベルナールによると、新しいトゥールーズ市長は、市営プールの名前をナカッシュと改めることを決めたそうだ。屋内プールの壁に記念のプレートを設置して、地元の有力者を集め、セレモニーを行ったとのことだった。

「君の生還を記事にしていいかい？　どっちにしろ、これからはうまくいくさ」

「相変わらず仕事が早いな、ベルナール！」

スクープ記事を書くためベルナールがいくつか簡単な質問をしてきたのだが、その中のひとつにアルフレッドはびっくりした。

『プールに戻ってきますか？』

そう聞いてきたとき、ベルナールの表情にはふざけたものはなく、目には優しさがあふれていた。アルフレッドは少しの間考え込んだ。このジャーナリストの友人は、僕がどこから戻ってきたのかをちゃんと理解しているのだろうか？　ひとりで戻ってきたことを、ポールもアニーも一緒ではないということをわかっているのだろうか？

翌日、アルフレッドは新聞を確認した。昨日答えたことが、文字になってちゃんと載っている。

『私は墓場から出てきました。ですので、少しの間、生きている世界と触れ合う時間をください。そのあとで、私はまた泳ぐことに挑戦します』

＊＊＊

パリを発ちトゥールーズに向かう日、エミールが病院まで迎えに来てくれた。エミールは、パリを離れる日にアルフレッドが一番一緒にいたい人物だ。エミールは変わっていなかった。いたずらっ子のように飛び回り、いつもご機嫌だ。トゥールーズに絶えず励ましの手紙を書いて送ってくれていた大切な友人。その手紙には、警戒を怠らないよう書かれてあった。再会を心から喜んでくれたエミールは、会うなりすぐに、死んでしまったと思っていた、もう二度と会えないと思っていたんだ、と打ち明けてくれた。

病院の玄関前には、カメラマンの一団が待ち構えていた。サイン目当てのファンの人たちもいた。フラッシュに目がくらみながらも、アルフレッドは微笑んだ。ねだられるがままに、黄色く色あせた写真の裏にサインをする。水着を着てプールサイドにいる楽しげな様子の自分自身の写真は、まるでひと昔前のもののように思えた。

アルフレッドは、自分を忘れないでいてくれたファンたちと、時間をかけて話をした。幾人かの人たちに「かの地はどうだったか」と聞かれたが、言葉が出なかった。ただ「辛かった」「とても辛かった」とつぶやくのが精一杯だ。こんな言葉、何の説明にもなっていない。ひとりの若い女性が、涙ながらに話しかけてきた。家族全員が、一九四二年の〈ヴェル・ディヴ事件〉のときに逮捕されてしまったのだという。だがその女性だけは、清掃作業員の女性に助けられ七階の部屋にかくまってもらえたので助かったそうだ。それ以来、家族がどうしているのかまったく情報がない、どこにも名前が載っていない、強制収容所へ連れて行かれた人の名前が張り出してある〈リュトティアホテル〉にもなかった、と泣き崩れている。

アルフレッドは、自分もポールとアニーの行方がまったくわからないのだ、とその女性に打ち明けたかった。そしてまた、これは先日教えてもらったことなのだが、フランソワ・ヴェルディエがドイツ人たちに殺されてしまったことも、話したかった。逮捕されたあとどんなに拷問されても、ヴェルディエはゲシュタポに、仲間の情報はいっさい洩らさなかったそうだ。目撃者の話では、サン＝ミシェル刑務所からドイツの警察本部に移送されるときに垣間見えたヴェルディエの身体は、ひどく痛めつけられボロボロだったらしい。一九四四年一月二十七日、ゲシュタポはヴェルディエをひそかに、トゥールーズの西にあるブコンヌの森へ連れて行った。そして人気のない道で、ドイツ人はヴェルディエの腹に銃弾を撃ち込んだ。『ル・パトリオット・デュ・シュドゥエスト』紙には、こう書かれていた。『おそらくドイツ人は、自分たちの残虐行為のあとを消し去りたかったのだろう。あるいは反対に、恐怖心をあおりたかったのかもしれない。ゲシュタポのふたりの警官は、レジスタンスのリーダーであるヴェルディエの口に手榴弾を入れて、その頭を吹っ飛ばしたのだから』

アルフレッドは、アーロン・シュタインの行方がわからないことも話したかった。アーロンはアルフレッドのジムでボクシングを練習していた仲間だが、レジスタンス組織〈ユダヤ軍〉のメンバーでもあった。最後に会ったのは一九四四年の春で、アリエージュ県のフォア城の塔のすぐ下にある〈メディエヴァル〉という店でのことだ。それ以来、まったく音沙汰がない。ドランシー、そしてアウシュヴィッツを共に過ごした電気技師のレオン、そしてマルセイユ出身のジェラールも、どうしているのだろう？　アルフレッドは、目の前の泣き崩れる女性に自分のすべての苦しみを打ち明け、女性の苦しみをなだめてやりたかった。だが、なんの言葉も出てこない。ただ「頑張って」と言うことしかできなかった。まったく無意味で期待外れな言葉だとわかってはいたのだけれども。そして、その女性の頬にそっとキスをした。

「さあ、アルフレッド、列車に乗り遅れてしまうぞ」エミールにそう声をかけられ、アルフレッドは女性から引き離された。

＊＊＊

トゥールーズに向かう途中、単調な列車の音を夢うつつで聞いていると、アルフレッドは何度もあの死の列車、第六十六輸送列車のことがよみがえってきた。あのことは考えるな、と自分に言い聞かせ、そして、車窓に顔を寄せ外の景色を見つめることで、悪夢を彼方へ追いやろうとした。移り変わっていくフランスの田舎の風景は美しかった。ポアトゥー地方の緑の草原、リムーザン地方の起伏のある地形、ロット渓谷の砂漠のようなカルスト台地……。戦争の傷跡はある。それでも、なんてこの国は美しいのだろう。

　とはいえ、列車が駅に入っていくたびに、アルフレッドは大きな悲しみに襲われた。建物は崩れ落ち、道には大きな穴が開いている。町は傷つき、血を流している。そんな中、町は再び立ち上がろうとしていた。バラ色の街、僕のトゥールーズはどうなっているんだろう？やはり空襲を受けたのだろうか？　半ば夢うつつの中で、アルフレッドはトゥールーズを訪れていた。通りから通りをそぞろ歩き、カフェ〈ル・ビバン〉や〈プティ・シャレ〉で一杯飲んで、ガロンヌ川沿いを通り、ジムの重い扉を開く。軍靴の音や叫び声が広がるずっと前の光景だ。そして、ようやくプールに併設されたロッカールームに入って、荷物を置く。そうだ、ここのプールは、これからはナカッシュの名前で呼ばれるのだ。

アルフレッドはゆっくりと目を閉じ、さらに夢想の中に入り込んだ。するとすぐに、飛込み台の上に立っていた。腕を下のほうへ伸ばし、頭をその腕の間に入れる。位置について、用意……。肌に感じる水の心地よさで、肌が粟立つ。続いて、速さの感覚が身体に広がった。それは生理的欲求だった。強烈で、振動していて、純粋だ。列車は猛スピードでレールの上を走っていた。目を閉じたまま、アルフレッドは生きた世界と触れ合っていた。目を閉じたまま、また泳ぎ始めていた。

小さな手帳

アルフレッドは、水泳のトレーニングを再開した。アルバン・マンヴィルコーチは、トレーニング再開初日から、まるで何事もなかったかのように接してくれた。完璧主義者のコーチは、プールサイドに立って絶えず煙草を吸いながら、きれいなフォームを身振りで示す。

平泳ぎ、バタフライ……。プールに入ると、アルフレッドは筋肉がかなり落ちていることを実感した。肉離れを起こさないよう、あまり筋肉に負担をかけることはできない。

「手足を伸ばせ、伸ばすんだ」コーチがそう言い続ける。

アルフレッドは頭を空っぽにした。少しずつ感覚が戻ってくる。そして、どんどん速くプールの向こう側まで泳げるようになった。ドルフィンと呼ばれたナカッシュは完全に死んだわけではない、と自分に言い聞かせる。

「昨日よりよくなったな」マンヴィルコーチは毎晩の練習の終わりに、まるで初めて言うようにいつも同じコメントを繰り返した。

チームメイトのアレックス・ジャニーとジョルジュ・ヴァレリーも、申し合わせたように励ましてくれる。

「〈三銃士〉再び参上だな！」アレックスが大声で言った。アレックスの家族、世話になったジャニー一家は、今では自分の家族のように感じられる。

「あとはなるようになる！」横にいるジョルジュも声を上げた。

ジョルジュ・ヴァレリーはこの水泳クラブの最年少者で、みんなから〈ヨーヨー〉と呼ばれている。生来の身体の強さと激しい気性の持ち主で、モロッコのカサブランカ育ちだ。〈魚一家〉とあだ名される水泳一家の末っ子で、父親は一九二四年のパリオリンピックに出場した水泳選手だった。四年前の一九四二年十一月八日、当時十五歳だったジョルジュは、信じられないような勇敢な行動をしてみせた。

その日、解放者として待ち望まれていたアメリカ軍は、カサブランカ港を爆撃した。ヴィシー政権に従うフランス海軍の軍艦三隻――軽巡洋艦の〈プリモゲ〉、大型駆逐艦の〈ミラン〉と〈アルバトロス〉――が停泊していたのだ。攻撃により、数十人の船員が海に投げ出された。泳げない兵士もいたし、泳げても身に着けた装備品がおもりのようになってしまったり、けがをしてしまったりした兵士もいた。ジョルジュは、二十九歳の友人ロベール・ゲネと共に、迷うことなく救出に向かった。ロシェ・ノワール地区〔カサブランカ東部の地区〕の海岸で服を脱ぎ、爆弾が降ってくる中、波にもまれながら投げ出された人たちのほうへ進んだ。しかし漏れ出た油が身体を覆い、皮膚は海水面に漂う残骸で傷だらけになってしまった。そこで、ジョルジュはできるだけ多くの人を助けようと、砂利浜に置かれてあった小さな平底船を使うことにした。危険知らずの子どもだった。『まるでゲームに挑戦するかのように、巧みに、素早く行動し、辛さを訴えることもなく奮闘した[38]』力いっぱいオールを漕ぎ、ひたすら行ったり来たりを繰り返し、世界の終わりのような悲惨な状況の中、五十人以上の命を救った。『ジョルジュの驚くべき勇気に私は感動し、そして刺激を受けました』のちにロベールは語った。ロベールはジョルジュの隣で『叫び出さないように歯を食いしばっていた[39]』のだという。

ドルフィンズのチームの中でも、ジョルジュは同じように奮闘した。救出劇については、まったく話すことはなかった。アルフレッドは、そのカサブランカ沖海戦のときのロベール・ゲネとほぼ同い年ということもあり、ジョルジュのことを本当の弟のように感じた。陽気で、意志が強く、限界のない弟だ。

アルフレッドは、仲間たちのおかげで生きる喜びを感じ、それによって笑顔が戻ってきた。だが周りの人たちの愛情をもってしても、やはり無理なものはある。突然襲ってくる苦しみは、和らぐことがなかった。

＊＊＊

アルフレッドは、水の中ではポールやアニーがいないことを忘れることができたが、水から出てしまえばふたりの顔が頭から離れなかった。住む家については、ジャニー家の父親のおかげで、以前住んでいたアパルトマンを取り戻すことができた。だが、リサイクルショップでそろえた家具はまったく残っていなかった。唯一の例外は振り子の置き時計だが、それさえも残っていたのは外側だけで、中の装置は抜かれていた。みんなゲシュタポと親独義勇軍が略奪していったのだ。装飾品も、メダルも、トロフィーも残されていなかった。ベッドはジャニー家が貸してくれた。アルフレッドはあまり食べないようにした。というのも、気をつけていないと過食になってしまいそうだったからだ。そして、何をする気も起きなかった。ビストロに行ってトランプをする気力もなかったし、ジムにまた行きたいとも思わなかった。以前働いていたジムは、元ラグビー選手が引き継いでいる。そういえば自分の前任者も元ラグビー選手だったな、とアルフレッドは思った。ジムはうまく回っているようだ。夜はひとりで過ごした。通りに面した窓の前に置かれた食卓につき、ときどきシェイク・レイモンドのレコードを聴いた。友達が探してくれたレコードだ。歌の歌詞が心に響いた。『慎み深く、男は最愛の女性に近づく。男の魂は引き裂かれている……』アルフレッドの日課は、新聞の消息欄を開き、それからパリから来る列車の時刻を確認することだ。そして、それを小さな紫色の手帳に書き写す。

列車の到着に遅れるわけにはいかない。もしふたりが乗っていたら……。トレーニングよりも、ポールやアニーを出迎えることのほうが大切だった。

アルフレッドは小さなバラの花をポケットに入れ、ほぼ毎日、ポールとアニーを出迎えるため歩いてマタビオ駅に行っていた。長いことホームにいることが多かった。バラの花を手に黙ってたたずむ。周りの人は、見て見ぬふりをして通り過ぎる。乗客が誰もいなくなるまで待った。ときには列車もなくなってしまうまで。

＊＊＊

アルフレッドは、毎週、友人のエミールと電話で話していた。

「マスコミは君が以前と同じレベルで戻ってくることを喜んでいるよ。『ル・ミロワール・

デ・スポール』誌は、生まれ変わった不死鳥と言っている……」

「……灰の中からね。知っているよ、エミール。もう百回も聞いたよ」

エミールが、各種記事の完璧な要約を伝えてくれるのだ。称賛している記事は強調して、悪く言っている記事は内容を和らげるようにコメントをつけてくれていた。実際、ストップウォッチは正直だ。アルフレッドは、かつての筋力や戦う泳ぎを取り戻していた。エミールは興奮しておしゃべりが止まらないので、誰かが来るとかクラブの会合があるとかの言い訳をして、こちらから電話を切らなければならないこともしょっちゅうだった。

だが、一九四六年春のこの日は、本当に誰かの訪問があった。呼び鈴が鳴ったのでドアを開けると、踊り場にひとりの兵士が立っていた。青白い顔をしている。兵士はこちらにテレックスの紙を差し出してきた。国防大臣からのものだった。

『このようなお知らせをしなければならないことを、大変残念に思います。あなたのご息女であるアニーは、アウシュヴィッツに到着した二日後の一九四四年一月二十五日、ガス室で殺されました』

ポールについては、一言もなかった。

五月十一日

愛するポールへ

今朝もまた、汗びっしょりで目が覚めた。僕は窓にへばりついたまま茫然と、外が明るくなるのを眺めていた。通りの反対側にある木々は、息を吹き返したかのように見える。プラタナスにマロニエが少し、そしてボダイジュが一本だけ。君はこの木々が好きだったね。木は、まるで何事もなかったかのようにそこにあるよ。僕はといえば、頭が万力に締めつけられるように痛く、気が変になりそうだ。黒い考えが頭に浮かび、僕を取り囲み、暗い水の中へと僕を沈める。ときどき僕は、木を掴んでいたら折ってしまうんじゃないかというくらい拳を固く握りしめていることに気づく。

僕は、自分自身が異邦人のように感じる。水から顔を出さなくてはならない。自分のいる場所を確かめ、僕の中で沸き立つこの怒りを鎮めなくてはならない。アニーの写真を肌身離さず持っているよ。あいつらはこの笑顔を見なかった。ぬいぐるみを取り上げられたときのアニーの涙を見なかった。神よ、僕たちを守ってくれる神、いったいあなたは何を見ていたのですか？　言ってください。何をしていたのですか？

僕は君宛てのこの手紙を、紫色の小さな手帳に書き記している。もう僕には送り先の住所がないからね。パリに住んでいたときの住所、セバストポール通りに送った葉書は、戻ってきてしまった。昨日は、トレーニングのあとに街を歩いてきた。何の目的もなく。そのとき、本屋の前を通りかかったんだ。ショーウインドウの中に一冊の詩集があった。『奇跡の武器』[40]というタイトルだった。きれいなタイトルだと思った。僕は本屋の中に入り、その詩集のページをパラパラとめくった。最初の一文で僕は震えたよ。それにはこう書かれていた。『私は世界の片隅で、もう来ないであろう旅人たちを待っている……』

この作者は、誰のことを語っているのだろう？　僕のことか？　いや、僕たちのことなど知らないのに、知るはずもないのに。作者は全然関係のない話をしているんだ。僕はこの本を見るのも嫌で、走って本屋から飛び出した。明日はまた駅に行くよ。

最後の勝負

心は冷たい太陽のようだった。それなのになぜレースに出場するのだろう？　そうアルフレッドは自問した。一九四六年八月八日、マルセイユで開催される世界選手権大会。そこに出場するリスクもわかっている。自分にとっては余分な大会だ。無意味で、馬鹿げている。

今までの輝かしい経歴を台無しにし、今後ずっと笑いものにされるかもしれない。大会には、自信も実力もある素晴らしい選手が集まった。アルフレッドは、メディアのインタビューで、身体の状態についてだけ正直に答えた。『肉体的には回復しました。でも、精神的なダメージはあります』本当は『ボロボロです』とでも言うべきところだった。『アルフレッドは悲しい目をしている』弟は、誰かに聞かれるとそう答えていた。確かにそうだった。明かりもつけずに風呂に入っていたし、冗談を聞いても笑えなくなってしまったのだから。

アルフレッドは、身体をベールで覆われているような気がした。ここで止めるべきなのだろう。そうすれば、期待してくれているファンたちに、情けないレースを見せなくて済むのだから。それでも、アルフレッドは出場した。アレックス、そしてアルフレッドは〈三銃士〉となって。アレックスは自由形、〈ヨーヨー〉は平泳ぎ、そして〈ヨーヨー〉と並んでバタフライ。三つの泳法で三本の百メートルだ。アルバン・マンヴィルコーチも見守ってくれている。姉弟、そして両親が、アルジェリアから来てくれていた。アルフレッドは、自分の中からあふれ出た力に導かれるように、飛び込み台に立った。観客席は騒然としているようだったが、何も聞こえなかった。周りの世界から切り離され、自分自身の中に入る。孵化する準備はできた。

すべての力を爆発させる。限界まで。アルフレッドは、宙に飛び出すようにスタートした。水の抵抗を感じ、腕は熱くなり、身体が引き裂かれる。本来の目を取り戻し、ゴールタッチする壁を凝視する……。
ゴールすると、アルフレッドはペロリと舌を出した。
世界新記録だった。
ふたりに捧げるよ。愛するポール、そしてアニー。

エピローグ

アウシュヴィッツ強制収容所から戻った三年後、アルフレッド・ナカッシュはロンドンオリンピックの出場権を獲得した。三十三歳だった。このオリンピックは、第二次世界大戦後初めて行われる大会で、ロンドンの街には、ナチスに抵抗した傷跡がまだ残っていた。参加を予定する選手は五千人を数えた。決して消えることのない苦しみが身体に刻み付けられてはいたが、アルフレッドは、こうしてオリンピックが開催されることで、やっとあるべき生活が戻ってきたのだと感じることができた。また、次の世代の水泳選手たちが登場してきており、若手選手の中でもとくにドルフィンズ水泳クラブのアレックス・ジャニーをかわいがっていた。

一九四八年八月五日、エンパイアプールで、アルフレッドは二百メートル平泳ぎの準々決勝に臨んだ。披露した泳ぎは、力強さと冷静さのお手本となるようなものだった。二番目のタイムだったので、当然のように観客たちは金メダルを期待していた。だが泳ぎ終わったあと、アルフレッドはなかなかプールから出られなかった。太腿が痙攣していたのだ。回復は難しそうで、次の準決勝が最後のレースになるだろうと覚悟した。そして、その予感は当たった。身体が思うように動かず、アルフレッドはメダルには手が届かなかった。それでも観客たちは絶賛し、マスコミもこぞって尊敬の気持ちを表明した。

この復活したオリンピックでは、フランスはあまり結果が残せなかった。自由形のアレックス・ジャニーは、才能ある選手で表彰台の一番高いところを期待されていたが、惜しいところでメダルを逃してしまった。百メートルと四百メートルの自由形で、ターンにミスが出てしまったのだ。アルフレッドは、すかさずアレックスをかばった。『仕方ないでしょう。この前の冬、プールは温水ではなかったのです。そんな状況では、まともにトレーニングなんてできませんよ』アレックスを思うその言葉でみんなを納得させられたわけではなかったが、アルフレッドの深い優しさを示すエピソードになった。ジョルジュ・ヴァレリーのほうは面目を保ち、百メートル背泳ぎで銅メダルを獲得した。

オリンピックが終わると、アルフレッドはフランス本国を離れ、海外県のレユニオン島へ移住した。そして数年間、学校で体育教師をした。そのとき、マリーと出会った。マリーのおかげで、アルフレッドは微笑みを取り戻し、また未来を思うこともできるようになった。フランス本国へ戻ると、今度は住む場所として南仏のセートを選んだ。切り立った崖の近くに立つ漁師の家だ。

アルフレッドの姪であるイヴェット・ブナヨアン＝ナカッシュはこう証言する。『伯父のアルフレッドは、八月のイワシ祭りのときに、親戚みんなをこの家に呼んでいました。そして、楽しそうにメダルを見せていました。伯父は人生を愛していました』

強制収容所でのことについて、アルフレッドが話すことはほとんどなかった。宗教についてはさらに無口だった。毎朝、日が昇るころ、アルフレッドは泳いでセルベールの湾を渡るのを日課にしていた。セルベールは、スペインと隣接する地中海に面した小さな町だ。千メートル以上の距離を、クロールか平泳ぎで泳ぐのが習慣になっていた。

一九八三年八月四日、いつものように海を泳いでいたとき、アルフレッドは心臓発作に襲われ死亡した。六十七歳だった。人生において多くの時間を過ごし、喜びも悲しみも味わった水の中での出来事だった。

アルフレッドは、セートのルピー墓地に埋葬された。墓石には、アルフレッドの名前のそばに、ポールとアニーの名前も刻まれた。

＊＊＊

二〇二一年三月十二日、フランス政府は、〈フランスの多様性を代表する三百十八人〉のリストを発表。市長たちに対して、通りや広場、公共の建物に名前を付ける際の参考にするよう促した。このリストの中に、アルフレッド・ナカッシュの名前もあった。選考委員たちは次のように書いている。『アルフレッド・ナカッシュは、一流の選手だったというだけでなく、友愛と社会問題への取り組みの手本となる人だった』
〈フランスの顔〉となる人々を発表したエマニュエル・マクロン大統領は、〈バラバラにされ壊された歴史の英雄たち〉に敬意を表明した。『我々の歴史に貢献した偉大な人たちでありながら、我々の共通の記憶の中でいまだにふさわしい地位を得ていない』

あの人たちはどうなったのか？

第六十六輸送列車の収容者たち

第六十六輸送列車で運ばれた千百五十三人の収容者のうち、生き残ったのはわずか四十五人だった。

ジェラール・アヴラン

ジェラール・アヴランは、一九二七年四月十日、コルマール〈アルザス地方の町〉生まれ。一九四〇年十二月、家族と共にマルセイユに移住。一九四三年十一月十日、兄のピエール、姉のミレイユ、母親のローズと共に、逮捕される。このとき、父親はすでに逮捕されていた。全員がドランシー収容所へ連れて行かれ、続いて第六十六輸送列車でアウシュヴィッツ収容所へ移送される。到着直後に、ローズとミレイユは殺された。収容所内で、ジェラールは、アルフレッド・ナカッシュと友情を育んだ。一九四五年一月、〈死の行進〉によって、マウトハウゼン強制収容所へ連れて行かれる。解放後は、映画技術者として働いたのち、教育映画の制作会社を設立した。そして、七十三歳になったとき、『家族五人のうち、アウシュヴィッツから生きて帰ったのは自分ひとりだった』ということに改めて向き合い、アウシュヴィッツの証言者になる決心をする（www.contreloubli.ch）。

ジャン・ボロトラ

一九三一年、全仏オープンテニス優勝。デビスカップ〔男子テニスの国別対抗戦〕フランスチームのメンバー。理工科学校卒業。右翼団体〈火の十字団〉のメンバー。ヴィシー政権のスポーツ教育長官に就任するが、アルフレッド・ナカッシュを北アフリカ大会へ遠征させたことを理由に解任される。その後、ゲシュタポに目をつけられ逮捕されて、オーストリアのチロル地方にあるイッター収容所に収監される。一九四五年五月に解放。戦後、高等法院による捜査対象にはならなかった。一九九四年七月十七日に亡くなった。九十五歳だった。

ジャック・カルトネ

競泳の元チャンピオンであり、ナチスドイツの協力者となったジャック・カルトネは、ドイツ南部のジグマリンゲンに逃げた後、一九四五年三月十九日、トゥールーズ司法裁判所から欠席裁判で死刑判決を受けた。ローマで逮捕されたが、フランスへ送還されるために乗せられた軍用機から離陸時に飛び降りるというセンセーショナルな逃走をする。一九四七年十一月に再びイタリアで逮捕されるが、その後行方不明となった。アルフレッド・ナカッシュは、自分をゲシュタポに密告したのはライバルであったジャック・カルトネだとずっと考えていた。

シェイク・レイモンド

本名レイモンド・レイリス。一九一二年、コンスタンティーヌ生まれ。父親はユダヤ人、母親はカトリック。誰もが認めるアラブ＝アンダルシア音楽の第一人者で、類まれなる深い学識と豊かな創造性を持っていた。一九六一年六月二十二日、生まれ故郷の町コンスタンティーヌの市場で首を撃たれて亡くなる。シェイク・レイモンドが殺されたことは、コンスタンティーヌから多くのユダヤ人が脱出するきっかけになった。その中のひとり、シェイク・レイモンドのオーケストラでギターを弾いていたガストン・グレナンシアは、フランスに避難し、エンリコ・マシアスの名前で大成功を収めた。

ウイリー・ホルト

父親はアメリカ人、母親はフランス人。才能ある挿絵画家だったウイリー・ホルトは、パリへ戻ったあと、映画界で美術監督になった。『パリは燃えているか？』でアカデミー賞にノミネートされ、一九八七年のセザール賞では、『さよなら子どもたち』で最優秀美術賞を受賞した。二〇〇七年六月二十二日に亡くなった。

アレックス・ジャニー

アルフレッド・ナカッシュが予言したように、アレックス・ジャニーは素晴らしい成績を残したチャンピオンになった。クロールのスペシャリストだったアレックスは、フランスチャンピオンのタイトルを二十六個、ヨーロッパチャンピオンのタイトルを十五個獲得し、世界新記録を七回出した。オリンピックでは、一九四八年のロンドン大会と一九五二年のヘルシンキ大会にて、四×二百メートルリレーで銅メダルを獲得した。二〇〇一年七月十八日、死去。

ノア・クリーガー

アウシュヴィッツから出た後、ノア・クリーガーはドーラ強制収容所で地獄の日々を過ごす。だが、父親のアブラハム、母親のエステルと共に、収容所から生還した。一九四七年、フランスからパレスチナに向かう〈エクソダス号〉に乗船し、イスラエル独立のための闘いに参加。テルアビブに住んで、スポーツジャーナリストになり、『レキップ』紙や『フランス・フットボール』誌の特派員を務めた。また、サッカーの世界年間最優秀選手に毎年贈られるバロン・ドール賞の投票委員だった。二〇一八年十二月十三日死去。

レオン・レーラー

一九二〇年、パリ生まれ。モンマルトルで育つ。両親はユダヤ人で、ルーマニアからの難民だった。母親からはシナゴーグの聖歌隊員になることを期待されていたが、十二歳のときに電気技師の見習いになる。

一九四三年十一月二十六日、姉のルイーズと共にトゥールーズで逮捕される。ふたりは、十二月十六日にドランシー収容所へ移送された。その翌日、ルイーズはアウシュヴィッツに移送。レオンは、電気技師の技術を持っていたために優遇され、収容所内では一定の自由が認められていた。だが姉と合流することを希望し、一九四四年一月二十日に輸送列車でアウシュヴィッツに送られる。そこで全身の毛を剃られ、囚人番号の入れ墨をされて、土木工事の作業班に入れられた。ビルケナウ収容所につながる傾斜路を作る作業班だった。だが、電気技師の資格を持っているふりをして、フランス人が集められた作業班へ移ることに成功する。そこでの担当は、アウシュヴィッツ第三収容所の付属施設である合成ゴム工場内での作業だった。

一九四五年一月の〈死の行進〉を生き延びて、レオンはブーヘンヴァルト強制収容所に到着する。三月初めにゾンネベルクの工場に移され、その後ナチスから追い出されて、バイエルン州の田園地帯でアメリカ軍に救助された。

助けられたレオンは、デュースブルク〔ドイツの町〕からパリへ飛行機で送り返された。だが、レオンの体験を近しい人たちは理解せず、また関心も示さなかった。そのためレオンは、五十年もの間、自身の経験を語ることはなかった。亡くなる数カ月前の二〇一〇年六月、九十歳のとき、レオンはこう語っている。『私は証言し続けたい。若者たちにナチスの残虐さを理解してもらいたいのです』

エティエンヌ・マトレ

一九〇五年十二月二十四日、ベルフォール（フランス東部、ブルゴーニュ地方）生まれ。ソショー（ブルゴーニュ地方）在住。フランスのサッカー代表チームでキャプテンを務め、〈地ならし屋〉とあだ名される。FIFAワールドカップの最初の三大会に出場（一九三〇年、一九三四年、一九三八年）。また、一九三五年と一九三八年には、所属チームがフランスサッカー選手権で優勝した。一九四二年からはレジスタンスに参加し、同盟国からパラシュート降下で送られた武器の回収にあたった。一九四四年二月、ゲシュタポに逮捕され三カ月間監禁される。そのとき拷問を受けたが、いっさい情報はもらさなかった。エティエンヌの娘がのちにこう語っている。『父は、勇気を奮い立たせドイツ人に立ち向かうために、いつもフランス代表のユニフォームを着ていました』一九四四年五月にスイスへ逃走。七月には、いくつかの新聞でエティエンヌ死亡の記事が掲載されたが、ラトル・ド・タシニー元帥の軍隊に所属する伍長として再び姿を見せた。一九四六年、サッカークラブチーム・FCソショーでの最後のシーズンを終えると、ベルフォールにバーを開店した。一九八六年三月二十三日、八十歳で死去。

アルバン・マンヴィル

トゥールーズのドルフィンズ水泳クラブを象徴するコーチで、競泳選手たちからとても慕われた。優秀な選手を次々と輩出し、その中には、クリスティアン・タリー〔一九三六年ベルリンオリンピック、四×二百メートルリレー四位〕、アルフレッド・ナカッシュ、アレックス・ジャニー、ジョルジュ・ヴァレリー〔一九四八年ロンドンオリンピック、百メートル背泳ぎ金メダル〕、さらにはジャン・ボワトゥ〔一九五二年ヘルシンキオリンピック、四百メートル自由形金メダル〕などがいる。バタフライのスペシャリストで、その動きの理論的モデルを構築した。また、トレーニング時間の長さや競技の間隔、プールの外での筋力トレーニングなどに関して改革を行った。トゥールーズの総合文化施設には、アルバンの名前がつけられている。

ジャン・タリス

〈水の王〉とあだ名される。アルフレッドにとっては究極のお手本。パリで、アルフレッドはジャンと一緒にトレーニングした。ジャンは、一九三〇年から一九三二年の間に、クロールで八回世界記録を出した。また、百メートルで六十秒を切った初めてのフランス人競泳選手でもある。〈交互の泳法〉の先駆者のひとりで、クロールの息継ぎに、三かきに一回左右交互に行う、という方法を取り入れた。一九三二年のロサンゼルスオリンピックでは、四百メートル自由形で銀メダルを獲得。一九七七年一月十日、南仏のグラースで亡くなった。

ジョルジュ・ヴァレリー

〈ヨーヨー〉とあだ名されるジョルジュ・ヴァレリーは、カサブランカの港で泳ぎを覚えた。同じくジョルジュという名前の父親は、かつての水泳チャンピオンで、その父親から教えてもらった。一九四二年十一月八日のアメリカ軍によるカサブランカ沖海戦のときには、まだ十五歳であったにもかかわらず、カサブランカ港で五十人以上のフランス軍水兵の命を救った。その後、チャンピオンとして素晴らしい経歴を築いた。一九四五年、百メートルと二百メートル背泳ぎでヨーロッパ新記録を作り、翌年、アルフレッドと共に出場した大会では、三×百メートルメドレーで世界記録を樹立した。とても魅力的で、フランス国民に非常に人気があったジョルジュだが、一九五〇年に腎臓病にかかってしまう。それが原因で異常な太り方をしてしまい、泳ぎにも悪影響が出た。一九五四年十月四日、あらゆる治療のかいもなく、カサブランカで亡くなった。二十六歳だった。

ロベール・ワイツ

ロベール・エリ・ワイツは、ロシア出身の医者である父親と、自然科学の教師である母親の下に生まれる。ストラスブール大学の教授。レジスタンス活動をしていたため、アルフレッド・ナカッシュと同じ時期に、アウシュヴィッツ、およびブーヘンヴァルトに収容された。
第四十六区画に配属となるが、そこでは、健康な人をチフスに感染させる実験を行った。解放後はストラスブールに戻り、輸血の専門家になる。ニュルンベルク裁判では、ナチスによる人体実験についての証言をした。
一九六七年四月、アウシュヴィッツ国際記念碑の落成式のときには、次のように話している。『今日の若者たちよ、あなたたちは、決して忘れてはいけません。戦争が何をもたらしたのか、全体主義が、人間であることの否定が、激しい人種差別が、サディズムが、最も卑しい本能が何をもたらしたのかを。そして、これら悪の力と、絶えず戦ってください。なぜなら、ネオナチズムや人種差別、反ユダヤ主義は、この瞬間にも再び生まれ続けているからです。いつも注意深くあってください。なぜなら、数千人もの戦争犯罪者が、何の罰も受けていないからです』
ロベール・ワイツは、一九七八年一月二十一日、心臓発作のため亡くなった。

作者覚書

　私がこの忘れられた偉大なフランスチャンピオンの存在を知ったのは、二〇一九年、アルフレッド・ナカッシュがフロリダの国際水泳殿堂に殿堂入りしたという短い記事を読んだときだった。そして同時に、アルフレッドの味わった悲劇と、その中で示された信じられないほどの生きる力を知ることになった。夕刊の見出しとして華々しく掲げられるような、まさに〈立ち向かっていく人生〉だ。私は、〈アウシュヴィッツを泳いだ男〉に関する数少ない資料に熱中した。アルフレッドと一緒に泳いだチャンピオンたちの著書を読み、アウシュヴィッツでのアルフレッドを知る収容者たちの証言を集めた。

　本書を書くにあたっては、これらの資料を読んで得られたインスピレーションにゆだねた。これは〈真実の物語〉であるが、会話やいくつかの場面（とくにアルフレッドとポールの出会ったシーンなど）、主要キャストでない人物などは、物語を生き生きとさせるための想像の産物だ。ただし、アルフレッド・ナカッシュに関して引用したものすべて（ビラ、新聞記事）は、事実である。同じく、アルフレッドの人生を彩った以下のような重要な出来事も、また事実だ。

- コンスタンティーヌでの子ども時代と水恐怖症。
- 反ユダヤ主義者であるジャック・カルトネとのライバル関係。
- 競泳での数々の偉業、ベルリンオリンピック出場、ドルフィンズ水泳クラブから追放されたあとの仲間たちのボイコット、妻や娘と共に逮捕されアウシュヴィッツへ送られたこと。

- ナイフのテスト、ウイリー・ホルトのエロティックなスケッチ、ノア・クリーガーとひそかに貯水池で泳いだこと、ジェラール・アヴランやレオン・レーラーの証言、ボクサーであるヤング・ペレスの処刑、ブーヘンヴァルトでのロジェ・フシェ＝クレトとの出会いとロジェの〈回想録〉。
- 皆に死んだと思われていたときにトゥールーズへ帰ってきたこと、アニーの死亡通知、そして、運命に立ち向かうかのような最後の世界新記録。

この物語が、読んでくださった方それぞれの中で、大切な役割を果たしてくれることを願っている。忘れてはならない歴史を心に刻み、そして反ユダヤ主義をはじめとするあらゆる形の人種差別に対する警戒心を持ってほしい。今、それがかつてないほど必要となっているのだから。

訳者あとがき

本書は、アウシュヴィッツ強制収容所を生き抜いたアルジェリア系フランス人の水泳選手、アルフレッド・ナカッシュの伝記物語で、事実をもとに描かれています。二〇二二年十一月、作者のルノー・ルブロンは、この作品で、優れたスポーツ文学作品に贈られる〈スポーツ・スクリプトム賞〉を受賞しました。主人公のアルフレッドは、トップアスリートとして素晴らしい成績を残し、またアウシュヴィッツに収容される壮絶な経験をしたあとにも世界新記録を出すという偉業を成し遂げていますが、フランスにおいても、現在の人々の記憶にしっかりと残っているわけではなかったようです。そんなアルフレッドに光を当てた作品となっています。

作者のルノー・ルブロンは、フランス、パリ生まれ。編集者、作家、ジャン＝リュック・ラガルデール財団（メディアやカルチャーの分野でプロフェッショナルを目指す若者に奨学金を出している）理事、『レクスプレス』誌（フランスの時事週刊誌）元記者などの顔を持っています。また、大のスポーツ好きであり、二〇一二年には優れたスポーツ文学（小説、年代記、新聞記事などあらゆるジャンル）に贈られる〈ジュール・リメ・スポーツ文学賞〉を創設しています。スポーツ愛好家であるルノー・ルブロンですが、アルフレッド・ナカッシュについては二〇一九年に国際水泳殿堂への殿堂入りが発表されるまでまったく知らなかったとのことで、その後、興味を持って調べていくうちに是非とも小説にしたいと思うようになった、とインタビューで答えています。

物語は短い章で構成され、時系列に沿ってではなく、時代を進めたり戻ったりしながら描かれていくので、読んでいてやや迷子になってしまったかもしれません。でも、パズルのピースをひとつひとつはめ込んでいくかのように少しずつ全体が見えてきて、最後にはアルフレッドの人生という一枚の絵が完成します。そこに、アルフレッドが出会う有名無名の人たちの人生も重ね合わされて、この時代の恐怖や狂気、人々の勇気や愛情、そして、どのようにして反ユダヤ主義がスポーツ界に浸透していったのか、などが描かれています。

本書にはナチスによる残虐な行為が描かれているので、読むのが辛くなるような場面も登場します。列車に詰め込まれて収容所へ連れて行かれる場面、ナチスの将校が己の権力を示すためだけに収容者を撲殺する場面、クリスマスイブに大勢の死んだ赤ちゃんを貨車からトラックへ移すことを命じられる場面……。そんなときは、できるだけ想像力を働かせないようにしなければなりませんでした。そして、収容所での極めて不衛生な環境、過酷な労働、飢え、生殺与奪の権をナチスの将校たちに握られているという恐怖。しかしそんな極限状態にあっても、アルフレッドは他者を思いやり、分かち合おうとします。その行為は、打ちのめされた人たちの気持ちを救い勇気を与えるのですが、アルフレッドも、そうすることによって癒され、慰められます。そして読者である私もまた救われ、聖なるものに出会ったように心を揺さぶられました。

アルフレッドの周りにも、勇敢に戦った人たちがたくさんいました。収容所で支え合った仲間、アルフレッドを守ろうとしたコーチやスポーツ教育長官、大会をボイコットして抗議の意志を示したドルフィンズ水泳クラブの選手、ユダヤ人差別を公然と非難したカトリックの聖職者、レジスタンス、さらに、〈死の行進〉のときに優しさを見せたナチスの少年兵も……。この物語が描いているのは、ナチズムの闇に埋もれた知られざる英雄たちです。

そして物語終盤、アウシュヴィッツから生還したあとアルフレッドが世界新記録を打ち立てるシーンでは、存分にカタルシスを味わい、まさに浄化されていくような感動を覚えました。

このような素晴らしい作品を翻訳する機会をいただけたことは望外の喜びであり、深く感謝申し上げます。また、本書を手に取ってくださった方が、共にアルフレッドの人生の目撃者となり、感動を分かち合えたら嬉しく思います。

二〇二三年六月　夏至の日に

吉野さやか

Glossary

1【レオン……一緒とのことだった】レオン・レーラーの物語と証言による。

2【ジェラール】ジェラール・アヴランの物語と証言による。

3【……署名されている】『ドランシーからの手紙』より。アントワーヌ・サバにより集められ、紹介された手紙。二〇〇二年、タランディエ刊。

4【アロイス・ブルンナー】アネット・ウィヴィオルカとミシェル・ラフィットの共著『ドランシー収容所の中で』（二〇一二年、ペラン刊）によると、アロイス・ブルンナーは〈フランスにおけるユダヤ人問題担当者〉だった。ブルンナーがドランシーに着任したあと、フランス人憲兵たちは収容所の外に出され、外での監視業務のみを行うことになる。ブルンナーは、ユダヤ人社会との唯一の交渉相手として、〈在仏ユダヤ人総連合（Ｕｇ・ｉｆ）〉を選ぶ。この戦略は、ドイツとオーストリアで政権を取って以来実践してきたゆがんだ手口で、ユダヤ人迫害にユダヤ人自身を巻き込むものだった。

5【……外へ出された】妻と娘を置いてドランシーを離れることを拒否した、とアルフレッド・ナカッシュはジェラール・アヴランに語っている。

6【千人以上の人が、同じ列車に乗せられていた】この輸送列車には、千百五十三人が乗せられていた。そのうち、十歳から十四歳までの子どもが百四十四人、九歳以下の子どもが八十一人いた。

7【……キスの甘さと混ざり合った】クロード・Ｓの思い出から着想を得た記述。一九三三年、ウジュダ生まれのクロードは、数年間をコンスタンティーヌで過ごし、ポールの家族と親しくしていた。

8【……見つめている】クロード・Ｓの言葉より。

9【……救いの場所である】ベルトラン・ディカールの本『シェイク・レイモンド、あるアルジェリア人の物語』二〇一一年、ファースト刊より。

10【……奇跡を起こすのさ】アンドレ・ナホムによ

るヴィクトール・ペレスの伝記『チャンピオン、ヤング・ペレスの物語。チュニスからアウシュヴィッツへ』二〇一三年、エディション・テレマク刊より。

11【バスター・クラブ】のちに映画でターザンを演じることになる。

12【ズィンミー制度】イスラム政権下の国におけるイスラム教徒ではない臣民、とくにユダヤ教徒とキリスト教徒に対する措置。差別と保護の両面があり、税金の支払いを命じる代わりに、信仰の自由は保護される、というものだった。権利としては廃止されていたが、メンタリティの中にはしっかりと存在していた。

13【コンスタンティーヌの大部分の人たち】一九三一年の調査によると、コンスタンティーヌには五万千四百四十五人のイスラム教徒、三万六千九十二人のヨーロッパ人、一万二千五十八人のユダヤ人が住んでいた。

14【ジャン・ヴィゴ】映画監督。二十九歳で亡くなる。『新学期　操行ゼロ』と『アタラント号』という二本のカルト映画を作る。最初の観客のひとりであるフランソワ・トリュフォーは、「ヴィゴの視点のおかげだ」と語っている。

15【『水泳』】ジャック・カルトネ著、一九三五年、ガリマール刊。

16【ドイツ】ベルリンオリンピックにおいて、ドイツは偉大な勝利者となった。三十三個の金メダルを含む八十九個のメダルを獲得し、メダル獲得数で初めてアメリカ合衆国を抜いてトップに立った（アメリカ合衆国は二十四個の金メダルを含む五十六個のメダルを獲得した）。フランスは、ボクシング、レスリング、ウエイトリフティングにおいて勝利したものの、第六位に終わり、マスコミはこぞって非難した。『ロト』誌では、スポーツジャーナリストのガストン・マイヤーとジャック・ゴデが、皮肉を込めてこう語った。「フランス式のスポーツは、気晴らしのスポーツだ。のんきで、締まりがなくて、いい加減な思いつきでやっている。科学的なアプローチや、ドイツ人の規律の遵守といったものとは、比べものにならない」また『ミロワール・デュ・モンド』誌では、ジョゼ・ジェルマンがこう言ってとどめを刺した。「心の奥底では、フランスはいつも奇跡による勝利が転がり込まないかと期待しているのだ」

17『水の喜び』】ジャン・タリス著『水の喜び。私の人生、私の秘密、私の流儀』一九三七年、レ・ズーヴル・フランセーズ刊。

18【シャルル・リグロ】フランスのウエイトリフティング選手、レーシングドライバー、プロレスラー。

19【ジョニー・ワイズミュラー】素晴らしい記録を持つ水泳選手。五十二個のアメリカ合衆国チャンピオンのタイトル、二十八個の世界記録、五個のオリンピック金メダルを獲得。一九三二年には、「ターザン」を演じることになり、映画史で最も有名な「ジャングルの王者」になった。

20【サイクロンがやってくる】一九三九年のフレデリック・ミッテランの言葉から引用。『一九三九年、サイクロンの目』二〇二二年、XOエディシオン刊。

21【忌まわしい事実】ルイ・ジレ著『ドイツの光と影』一九三七年、フラマリオン刊。

22【ヒトラーを丸め込んだ】一九三八年九月三十日、平和を保障するように思われた〈ミュンヘン協定〉が締結された。これは、ズデーテン地域からのチェコ人の退去と、ドイツ軍による占拠を認めるものだった。

23【プティオ先生】実際のところ、この医師とは接触できなくてよかったといえる。というのも、プティオ医師は書類の偽造だけでなく、連続殺人を犯していたからだ。フランスの国土解放の後、プティオ医師は二十四人を殺したとして、死刑宣告を受けた。

24【アルフレッド・ナカッシュやヴィクトール・ヤング・ペレスの偉業】『オー・ピロリ』誌の記事の中で、エミール・ドルティニャックは、ふたりの成功を認めている。だがそれは、才能ではなく、各々のメンバーに成功をもたらすための〈選民（ユダヤ人）〉の団結する力についてだ。歴史学者のドリアンヌ・ゴメは「スポーツは、反ユダヤ主義の考え方の土台となる民族・人種の理論の不備を言い訳するのに役立つ」と分析する（『スポーツによってユダヤ人たちを弱いものとする——反ユダヤ主義新聞の戦略』T・テレ、L・ロベーヌ、P・シャロワン、S・エアス、Ph・リオタール著『スポーツ、二十世紀の流儀と脆弱さ』二〇一三年、レンヌ大学出版刊、三一七〜三三〇ページ)。

25【殴る蹴るの行為で示してくれた】ノア・クリーガー著『人生のいくつもの企み』二〇一四年、エルカナ刊。

26【四つに分けましょう。ワイツ先生と、ノアと、ウイリーと、そして僕で】ウイリー・ホルトはその回想録『トラックの上で喪に服す女性たち』(一九九五年、ニール・エディシオン刊)でこう記している。「想像に難くないことですが、すべてを失い、将来の希望も失った人は、この思いがけないプレゼントがもたらしてくれた喜びをひとり静かにかみしめていました。アルフレッドは、自分の宝物を分け与えました。この苦悩と、残酷さと、生き残るための絶え間ない戦いのはびこる世界で、アルフレッドの振る舞いは英雄的な行為と言えるものでした。このような行動は他にもあり、私はのちにアルフレッド・ナカッシュが人格者であることを確信し、私の手本としました」

27【ノエ収容所、そしてレセベドゥ収容所】ノエ収容所は、トゥールーズの南にあり、一九四一年二月から一九四二年夏の終わりまで、二千五百人の外国人が収容されていた。収容者の半数はユダヤ人、残りの半数はスペインの共和党員だった。レセベドゥ収容所は、そこからほど近いポルテ＝シュル＝ガロンヌの町にあり、ドランシーを経由してアウシュヴィッツやその他の絶滅収容所へ向かう輸送列車の出発地となっていた。

28【あなたたちが子どもを捕まえることはもうない】ヴァレリー・ポルトレの素晴らしい本のタイトル(二〇二〇年、XOエディション刊)。その後、救出された百八人の子どものうち、三人が再びゲシュタポによって逮捕され、アウシュヴィッツへ送られて殺された。マルゴ・コペル、モーリス・テイテルバン、ガブリエル・テイテルバンの三人だ。

29【五個のフランスチャンピオンのタイトル】二百メートル平泳ぎ、四×二百メートル自由形リレー、百・二百・四百メートル自由形のフランスチャンピオン。

30【エミール＝ジョルジュ・ドゥリニー】ドゥリニーは、この二年前に、『ル・ミロワール・デ・スポール』誌に掲載されるアルフレッドの写真を撮っている。そして、一九四二年から一九四九年までフランス水泳連盟の理事長を務めた。

31【パスコ】ジョゼフ・パスコは、ラグビーの元フランス代表チームの選手（スタンドオフ）で、のちに陸軍大佐となる。ヴィシー政権下では、ジャン・ボロトラを長とするスポーツ教育庁で指導的役割を果たし、その後ボロトラの後任となった。

32【だんまりを決め込んでる】歴史学者ドリアンヌ・ゴメは次のように書いている。「当初、スポーツ紙は褒めそやしていたが、次第にマスコミは反ユダヤとなり、アルフレッド・ナカッシュを追い詰めた。ナカッシュは逮捕され、マスコミからは完全に黙殺された」

33【〈FTP－MOI〉】Les Francs-tireurs et partisans-Main-d'oeuvre immigrée フラン＝ティルール・エ・パルティザン＝マン＝ドゥーヴル・イミグレ。共産主義者のレジスタンスのネットワーク。一九四二年四月から、ナチスによる占領に抵抗するために、フランスの大都市でゲリラ活動を行う。

34【素晴らしく軽快に動いていた】クロード・Sの自身の祖母の思い出より。

35【スポーツ教育庁】
Le commissaire général aux Sports（Le C.G.）ル・コミッセール・ジェネラル・オ・スポール。

36【……SSの派遣隊に叩き起こされた】レオン・レーラーの証言による。

37【フランソワーズ】マリ＝ルイーズ・ディサールの偽名。二百人以上のメンバーを抱えるレジスタンス・ネットワークのリーダー。トゥールーズ出身。フランス国内に墜落した七百人以上のアメリカおよびイギリスの航空兵を救出し、かくまい、スペイン経由で出国させた。

38【……奮闘した】ロベール・ゲネの証言。『ジョルジュ・ヴァレリー、偉大なチャンピオンの生と死』アンドレ＝マリ・ルジャンニュ著、マロプランテ刊（カサブランカ、一九五四年）より。

39【……歯を食いしばっていた】六カ月後、ジョルジュ・ヴァレリーとロベール・ゲネは、英雄的な行為により、クロワ・ドゥ・ゲール勲章を授けられた。

40【『奇跡の武器』】エメ・セゼール著、一九四六年。

参考文献

『一九三六年、ベルリンオリンピックで試されるフランス』ファブリス・アブグラール、フランソワ・トマゾー著。アルヴィック刊。二〇〇六年。

『アウシュヴィッツのスイマー』ダニエル・ボー著。ロバティエール刊。二〇〇九年。

『スポーツ、身体、そして大衆社会。ある男の計画』ジョルジュ・ベンスーサン、ポール・ディーシー、カロリンヌ・フランソワ著。ユベール・ストルーク監修(dir.)。エルマン・コリン〈研究〉刊。二〇一二年。

『一九三六年。ベルリンオリンピック』ジャン＝マリ・ブローム著。アンドレ・ヴェルサイユ刊。二〇〇八年。

『ナチズムで試されるヨーロッパのスポーツ』映画『ショア』の回想録のリストより。パトリック・クラストル監修。二〇一一年。

『シェイク・レイモンド、あるアルジェリア人の物語』ベルトラン・ディカール著。ファースト刊。二〇一一年。

『ブーヘンヴァルトでの記録。一九四四年から一九四五年』ロジェ・フシェ＝クレト著。ラ・ブティック・ドゥ・リストワール刊。二〇〇一年。

『十八世紀から二十世紀における肉体の使い方と水での実践』ドリアンヌ・ゴメ、トマ・ボエ、イヴ・モラル著。〈アルフレッド・ナカッシュ、オリンピックプールからドランシーのコースへ。あるチャンピオンのキャリアの社会歴史的分析。一九三四年から一九四四年〉。ラルマッタン刊。二〇〇八年。

『トラックの上で喪に服す女性たち』ウイリー・ホルト著。ニール・エディシオン刊。一九九五年。

『人生のいくつもの企み』ノア・クリーガー著。エルカナ刊。二〇一四年。

『モンマルトルのわんぱく小僧はピチポイで』レオン・レーラー、ソニア・ザック著。コゼット刊、一九九八年。

『ドランシーからの手紙』アントワーヌ・サバによる収集と紹介。タランディエ刊。二〇〇二年（〈テクスト〉シリーズ二〇一九年）。

『一九三九年、サイクロンの目』フレデリック・ミッテラン著。XOエディシオン刊。二〇二二年。

『チャンピオン、ヤング・ペレスの物語。チュニスからアウシュヴィッツへ』アンドレ・ナホム著。テレマク刊。二〇一三年。

『あなたたちが子どもを捕まえることはもうない』ヴァレリー・ポルトレ著。XOエディション刊。二〇二〇年。文庫本、セルジュ・クラルスフェルド、ボリー・プルシェ、序文。二〇二一年。

『バタフライ――対独協力者の物語』イヴ・プルシェ著。ゴサン刊。二〇二一年。

『ヒーローたち、そしてスイマーたち』シャルル・スプラヴソン著。ヌヴィカタ刊。二〇一九年。

『水の喜び。私の人生、私の秘密、私の流儀』ジャン・タリス著。レ・ズーヴル・フランセーズ刊。一九三七年。

『ドランシー収容所の中で』アネット・ウィヴィオルカ、ミシェル・ラフィット著。ペラン刊。二〇一二年。

ドキュメンタリー

『自由形』ティエリー・ラシェラ著。フランス・トロワ・オクシタニー刊。二〇一九年。

『アルフレッド・ナカッシュ、アウシュヴィッツのスイマー』ピエール・アルディティの声と共に。クリスティアン・ムニエ著。二〇〇一年。

『タリス、水の王』ヴィゴ・ジャン著。ゴモン刊。一九三一年。

著者略歴

ルノー・ルブロン｜Renaud Leblond

フランス、パリ生まれ。編集者、作家、ジャン＝リュック・ラガルデール財団理事、『レクスプレス』誌元記者。本書で、優れたスポーツ文学作品に贈られる〈スポーツ・スクリプトム賞〉を受賞。大のスポーツ好きで、2012年には、自ら〈ジュール・リメ・スポーツ文学賞〉を創設している。2008年『ゲノムを盗む (Main basse sur le génome)』、2009年『カルトの力 (Le pouvoir des sectes)』、2013年『エミール・ブトミー、パリ政治学院の父』、2014年『ジュール・リメの日記 (Le Journal de Jules Rimet)』、2021年『ボールの子、ディエゴ・マラドーナ』（いずれも未訳）などを出版。

訳者略歴

吉野さやか｜Sayaka Yoshino

フランス語翻訳者。明の星女子短期大学仏語科卒業。訳書にジャン＝バティスト・マレ『トマト缶の黒い真実』（太田出版／翻訳協力）、『無垢なる者たちの煉獄』（竹書房／共訳）がある。

編集　戸田賀奈子

アウシュヴィッツを泳いだ男

2023年10月6日　第1刷　発行

著　者　　ルノー・ルブロン
訳　者　　吉野《よしの》さやか
翻訳コーディネート　　高野優《たかのゆう》

発行者　　林 雪梅
発行所　　株式会社アストラハウス
〒107-0061
東京都港区北青山3-6-7
青山パラシオタワー 11F
電話 03-5464-8738（代表）
https://astrahouse.co.jp

印刷　　株式会社 光邦

ISBN978-4-908184-47-5　C0097